W0405164

d

Vier berühmte Frauen, vier Tragödien – ein Muster: Am Anfang steht die Originalität, es folgt der Ruhm und dann die Selbstzerstörung. Jede dieser Frauen steht für ein einzigartiges Leben und Werk, und doch scheint es Übereinstimmungen zu geben. Ist es Zufall, dass sie alle früh den Vater verloren und eine komplizierte Beziehung zu ihrer Mutter hatten? Dass sie für die Öffentlichkeit einen anderen Namen angenommen haben? Was sagt dies über das Innenleben der vier Frauen aus?

Der Preis für Selbstbestimmung und Unsterblichkeit ist hoch, und die Auflehnung gegen ein »normales Frauenleben« macht sie wie Eva, die erste Frau im Sündenfall, schuldig und verletzlich, zumindest in der eigenen Vorstellung.

Connie Palmen

Die Sünde der Frau

Über Marilyn Monroe,
Marguerite Duras, Jane Bowles und
Patricia Highsmith

Aus dem Niederländischen von
Hanni Ehlers

Diogenes

Titel der 2017 bei Prometheus und CPNB, Amsterdam,
erschienenen Originalausgabe:
›De zonde van de vrouw‹
Copyright © 2017 by Connie Palmen
Covermotiv: Marilyn Monroe, 1953
Foto von Alfred Eisenstaedt/
Pix Inc./The Life Picture Collection/
Getty Images

Alle deutschen Rechte vorbehalten
Copyright © 2018
Diogenes Verlag AG Zürich
www.diogenes.ch
120/18/44/1
ISBN 978 3 257 07022 4

Inhalt

Handreichung für die Lektüre von
Die Sünde der Frau 7
Marilyn Monroe 13
Marguerite Duras 35
Jane Bowles 55
Patricia Highsmith 73
Literaturverzeichnis 93

Handreichung für die Lektüre von *Die Sünde der Frau*

Natürlich bin ich einem vorgefassten Gedanken gefolgt, als ich die Biographien von Marilyn Monroe, Marguerite Duras, Patricia Highsmith und Jane Bowles las. Diesen Gedanken offeriere ich Ihnen als Handreichung für die Lektüre meiner kleinen Essays über die vier talentierten Frauen. Ich versuche in der Beschreibung ihrer Leben eine Erklärung für ihr selbstzerstörerisches Verhalten zu finden. Hat es damit zu tun, dass ihr originärer Charakter, ihr origineller Kopf, ihr Talent sie für ein traditionelles Frauenleben ungeeignet machen und sie unter der Außenseiterrolle leiden? Hat es damit zu tun, dass sie die Freiheit der Selbstbestimmung suchen, auch die Freiheit, sich zugrunde zu richten? Eine Reihe von Übereinstimmungen im Leben der vier Frauen springen sofort ins Auge: der frühe Verlust des Vaters beziehungsweise dessen Fehlen, die komplexe Beziehung zur Mutter, die Entscheidung, für den Auftritt auf der öffentlichen Bühne einen anderen Namen anzunehmen. Biographische Fakten, doch was bedeuten sie für das Innenleben der vier Frauen?

Wahrscheinlich beginnt alles beim Ursprung aller Ursprünge, beim berühmtesten abwesenden Vater der Literatur. Das erste Buch der Bibel, Genesis, handelt von der Entstehung der Welt und des Menschen. Die Geschichte ist bekannt, selbst dem, der die Bibel nie gelesen hat. Adam und Eva sind die ersten, von Gott geschaffenen, Menschen auf Erden, sie wohnen in einem paradiesischen Garten, sind göttlich und unsterblich, unwissend und somit unschuldig, und um das bleiben zu können, brauchen sie nur ein einziges Gebot zu befolgen: Sie dürfen nicht vom Baum der Erkenntnis von Gut und Böse essen. Verführt vom Teufel in Gestalt einer Schlange, verstößt Eva gegen dieses Gebot Gottvaters, isst von den verbotenen Früchten und verleitet Adam dazu, es gleichfalls zu tun. Wegen der Sünde der Frau verbannt Gott den Menschen aus dem Paradies und nimmt ihm seine Unsterblichkeit. Die Erbsünde ist Fakt. Seit den Menschen die Augen aufgegangen sind, seit sie die Unschuld der Unwissenden verloren haben, sind sie sich darüber bewusst, dass sie nackt sind, und schämen sich. Dank des Sündenfalls werden Adam und Eva zu den menschlichen, allzu menschlichen Stammeltern von unsereins, von Männern und Frauen, die Gut und Böse auseinanderhalten können und die mit einem Bild vom Tod leben. Ob man sich für das Gute oder das Böse entscheidet, setzt voraus, dass man genügend Vorstellungskraft besitzt, sich beides auszumalen wie auch die Strafe, die ein Verstoß gegen Gebote nach sich zieht.

Ich betrachte die Erbsünde als Sünde der Imagination. Dass auch Gott selbst von der Imagination abhängig ist, um existent sein zu können, glauben die einen und andere nicht.

»Good girls go to heaven, and bad girls go everywhere«, wusste schon Mae West. Marilyn Monroe, Marguerite Duras, Patricia Highsmith und Jane Bowles verstoßen jede auf ihre Weise gegen Regeln. Sie durchbrechen die Schranken des Anstands, ihres Geschlechts, der herrschenden Moral. Sie tun das, um frei, souverän und autonom zu sein, um nach ihren eigenen Regeln leben zu können. Für alle vier gilt, was Marilyn Monroe in ihrem letzten Interview zu einem Journalisten des Magazins *Life* sagte: »Wenn ich mich an alle Regeln gehalten hätte, hätte ich es nie zu etwas gebracht.«

Alle Frauen in diesem Band erwarten freilich, ob bewusst oder unbewusst, dass sie für ihre Regelverstöße bestraft werden. Die Geißel Gottes verweigern sie dennoch: Sie unterwerfen sich nicht dem Mann. Die Tragödie der sündigen Frau ist, dass sie sich einem strengeren Richter als Gott unterwirft, nämlich sich selbst. Die Frauen entscheiden sich aus freien Stücken für die Verbannung aus einem vorgeschriebenen, häuslichen Leben und einem vertrauten Land und bestrafen sich selbst dafür mit der schleichenden Zerstörung ihres Lebens mittels Alkohol und Drogen oder indem sie Selbstmord begehen. Im Leben der sündigen Frauen gehen Maßlosigkeit und Vergeudung mit all ihren Risiken über die konservative Selbsterhaltung. Phantasiebegabte Frauen neigen zu Maßlosigkeit, Verschwendung, Genusssucht und fühlen sich von einem gefährlichen Leben und dem Tod magisch angezogen. Die Freude am Dasein lässt sich nur in der Unmäßigkeit ausleben.

Für Männer ist Einsamkeit von Heroik und Souveränität umgeben – *the lone ranger,* der Rebell, der Säulenheilige, Jesus Christus. Wenn aber eine Frau der Gemeinschaft den Rücken kehrt und die Einsamkeit sucht, ist von Heldentum, Aufstand oder Autonomie keine Rede. Eine Frau, die sich nicht an ihre natürliche Bestimmung hält, verrät die Gebote der Erhaltung des Lebens und der Sicherung des

Fortbestands der Menschheit. Durch ihr Bündnis mit dem Tod stellt die originäre, souveräne Frau eine Bedrohung dar. Nur unter dem Deckmäntelchen der Heiligkeit wäre es ihr daher möglich, sich der Gemeinschaft, der Ehe und der Mutterschaft zu entziehen, wenn sie ins Kloster ginge oder Mystikerin werden würde. Die Ehe mit Gott erfordert zwar ein Höchstmaß an Einbildungskraft, doch die heilige Frau entzieht sich dem Spiel von Sein und Schein, an dem die Frauen in diesem Buch zugrunde zu gehen drohen. Für Monroe, Duras, Highsmith und Bowles ist ein Teil der Wirklichkeit zu schmerzlich. Die vaterlosen Kinder erfahren die Liebe der Mutter als erstickend und suchen schon früh in ihrem Leben nach Wegen, wie sie aus dem Kerker eines konventionellen Frauenlebens ausbrechen können. Sie legen sich ein Image zu, mit dem ein unerträglicher Teil ihrer Herkunft getilgt werden soll, und versuchen so, mit der Bürde der Originalität zu leben. Das Image schützt Norma Jean Baker, Marguerite Donnadieu, Mary Patricia Plangman und Jane Auer vor zu großem seelischen Schmerz, es ist eine eigene Schöpfung, sui generis, aus sich selbst heraus, so etwas wie eine Neugeburt. Mit dieser Seite ihres Selbst treten sie über die Schwelle in die Öffentlichkeit. Doch ein Tag hat vierundzwanzig Stunden, und zu Hause warten die

Monster. In der Abgeschlossenheit des persönlichen Lebens kann der Star, das Image oder die Figur die reale, leidende und verlassene Person nicht ersetzen oder verschleiern. Alkohol und Tabletten können das schon, und sie sorgen für die täglichen »kleinen Selbstmorde«, wie Arthur Miller das selbstzerstörerische Verhalten Marilyn Monroes in seiner Autobiographie *Timebends* (dt. *Zeitkurven*) nennt. Die dargestellte Andere, das Image, hat in den beschriebenen Leben offensichtlich nicht das Vermögen, die Frauen von sich selbst zu befreien. Was im Deutschen so schön *Erlösungssehnsucht* genannt wird, ist auch die Sehnsucht nach Auflösung, die Sehnsucht, nicht mehr da zu sein, das Selbst daranzugeben und so vom beschädigten Kind befreit zu werden.

Marilyn Monroe
1926–1962

New York City, 15. September 1954. An der Lexington Avenue in Höhe der 52nd Street stöckelt eine offenherzig gekleidete Blondine auf ein Entlüftungsgitter der U-Bahn, um sich Kühlung zufächeln zu lassen. Als ein Zug unter ihr hindurchfährt, weht ihr Rock hoch. Verzückt girrend presst sie den Stoff zwischen ihre Schenkel, um ihre nackten Beine und ihr Höschen zu verhüllen.

Wirklich passiert und doch nicht echt.

Nicht nur die laufende Kamera Billy Wilders verrät, dass die Frau eine Rolle spielt und hier der Trailer zu dem Film *The Seven Year Itch* (dt. *Das verflixte siebente Jahr*) aufgenommen wird. Komplett irreal wird das Ganze dadurch, dass es zwei Uhr nachts ist, etwa fünfzehnhundert johlende Zuschauer und Hunderte Fotografen hinter Absperrgittern Zeugen der Aufnahme sind, es keine unter der Frau hindurchrasende U-Bahn ist, die ihren Rock hochbläst, sondern ein Mann mit Windmaschine, und dass die Frau an die vierzig Mal auf das

Gitter tritt und mit immer gleicher freudiger Begeisterung so tut, als überrasche und berausche sie die aufsteigende Luft. Nichts davon ist echt. Außer vielleicht die Verzückung der Frau. Sie tut so, als sei diese kühlende Brise von unten der reinste sinnliche Genuss, doch was sie wirklich genießt, das sind die Kameras, die auf sie gerichteten Blicke vieler Hunderter, die Männer, die pfeifen und Beifall klatschen, sowie ihr Höschen sichtbar wird, und die brüllen, der Rock solle noch höher fliegen, mehr, noch einmal.

Die Frau in dem weißen Neckholder-Kleid ist Marilyn Monroe. Und Marilyn Monroe existiert erst, wenn Menschen auf sie schauen.

Unter den fünfzehnhundert Zuschauern befindet sich einer, der anders auf sie schaut als alle anderen, dessen Blick nicht der anonyme Blick ist, der Marilyn Monroe erschafft und sie brillieren lässt, sondern im Gegenteil, es ist der eifersüchtige Blick des Mannes, der sie wirklich liebt: ihres zweiten Ehemanns Joe DiMaggio, des berühmtesten Exbaseballspielers der USA. Es ist ihm unerträglich, einer von Hunderten Zuschauern zu sein, mit denen er den Anblick seiner halbnackten Frau teilen muss, und er ergreift die Flucht. Joe DiMaggio wird zwar auch in ihrem weiteren Leben noch eine wichtige Rolle spielen, doch dies ist das Ende einer Ehe, die nicht einmal den Beweis antreten durfte, dass sie *a one year itch* gewachsen gewesen wäre. Die Kamera, die Marilyn Monroe ein ums andere Mal erschafft, zerstört ihr reales Leben.

Einige Monate nach den Aufnahmen des Trailers hängt die auf siebzehn Meter Höhe vergrößerte Abbildung von einer strahlenden Marilyn Monroe über dem Loew's State Theatre am Broadway. Sie bändigt den sich bauschenden Plisseerock ihres Kleides, als müsse sie nicht den Stoff, sondern ihre eigene sexuelle Lust im Zaum halten. Einige Straßen weiter lauscht die echte Marilyn Monroe, leibhaftig und in Originalgröße, andächtig dem Schauspielunterricht des damals bereits legendären Lee Strasberg. Soweit möglich, wenn man durchschnittlich dreimal die Woche in der Zeitung steht, versucht sie, sich unauffällig in die Gruppe der Schüler einzufügen, die sich im Actors Studio das sogenannte Method Acting aneignen wollen, eine Art der schauspielerischen Darstellung, bei der persönliche Erfahrungen und Erinnerungen an eigene Gefühle eingesetzt werden, um eine Rolle authentisch spielen zu können. Strasberg ist der Überzeugung, dass der Schauspieler in der dargestellten Figur aufgehen müsse, und das ist es, was Marilyn lernen möchte. Strasberg setzt dazu Übungen ein, die sie an ihr wahres Selbst heranführen sollen, und er rät ihr, eine Psychoanalyse zu machen, damit sie leichter echte Gefühle für deren Darstellung einsetzen kann. Obwohl sie sich schon mit einer Reihe von Filmen einen Namen gemacht hat und Woche für Woche Tausende von Fanbriefen bekommt, hat sie keinerlei Vertrauen in ihr Talent. Und sie ist es leid, Eigentum von Twentieth Century-Fox zu sein und von den Studiobossen immer nur als das dumme Blondchen oder die Sexgöttin gecastet zu werden.

Sie hat Hollywood verlassen, das einen Star aus ihr machte.

Sie ist in New York, weil sie eine ernsthafte Schauspielerin werden möchte.

Man könnte sagen, dass sie versucht, Marilyn Monroe zu entkommen.

Man könnte sagen, dass sie *echt* werden möchte.

Ich glaube, die Tragödie von Marilyn Monroe verbirgt sich hinter dieser Sehnsucht, echt zu werden, zu einem von dem erfundenen Image losgelösten Selbst zu finden. In einem ihrer letzten Interviews benutzt sie das Haus als Metapher, um zu beschreiben, woran es ihr fehlt. »Ich versuche, mich selbst zu finden, und das erreiche ich am ehesten, wenn ich mir selbst beweise, dass ich eine Schauspielerin bin. Ich hoffe, das gelingt mir. Meine Arbeit ist mir wichtig. Sie ist immer der einzige feste Boden unter meinen Füßen gewesen. Blöderweise scheine ich ein ganzes Obergeschoss ohne Fundament aufgebaut zu haben. Aber an diesem Fundament wird jetzt gearbeitet.«

Wirklich verstehen kann man diesen Wunsch, Schauspielerin zu werden, nur, wenn man sich vergegenwärtigt, dass Star und Schauspielerin nicht ein und dasselbe sind. Der Star ist eine eigene Schöpfung, eine erfundene, kreierte Figur, die ihre Funktion auf der öffentlichen Bühne erfüllt und mittels der Medien das Bild ihrer selbst manipuliert. Schauspielerin zu sein ist ein Beruf, Arbeit, ein Talent. Die Bewunderung, die man als Schauspielerin erntet, ist verdient. Und damit echt.

Das literarische Genre, das sich wie kein anderes stets vor die philosophische Frage nach dem Unterschied zwischen Wirklichkeit und Fiktion gestellt sieht, ist die Biographie. Reichen die zusammengetragenen Fakten über ein Menschenleben aus, um dieses Leben zu erhellen und zu verstehen? Gibt es so etwas wie eine Wahrheit über eine Person? Hat man eine Identität, wenn man ganz allein am Küchentisch sitzt? Wenn man nicht gesehen wird, nicht durch den Blick anderer definiert wird?

Marilyn Monroe ist in meinen Augen das Paradebeispiel für eine Frau, die solche drängenden Fragen zur Identität aufkommen lässt. Alles in ihrem Leben dreht sich um die Glanzpaare der Philosophie: echt und unecht, Dichtung und Wahrheit, Körper und Seele. Und das Kuriose ist, dass sich der Autor einer Biographie über das uneheliche Kind Norma Jean Baker, das zu einem der berühmtesten Stars der Welt wurde, vor das gleiche Rätsel gestellt sieht wie die Frau, die Gegenstand seiner biographischen Recherchen ist: das Rätsel der Identität.

Marilyn Monroe ging an der Suche nach der Wahrheit von Marilyn Monroe zugrunde. Sie wollte wissen, wer sie *wirklich* war. »Ich fürchte, ich bin ein Phantasieprodukt«, sagte sie über sich selbst. Da kenne ich Frauen, die mit weniger Selbsterkenntnis auskommen müssen.

Marilyn Monroe wird am 1. Juni 1926 als Norma Jean in einem Krankenhaus in Los Angeles geboren. Die alleinstehende Mutter, Gladys Pearl Monroe, lässt sie auf den Nachnamen ihres ersten Mannes, Jasper Baker, taufen, gibt für die Geburtsurkunde aber Edward Mortenson als Vater an. Mit Mortenson ist sie zwar noch offiziell verheiratet, lebt jedoch seit geraumer Zeit von ihm getrennt, so dass er unmöglich der Erzeuger des Kindes sein kann. Mit Baker hat sie zwei Kinder, die sie bei Norma Jeans Geburt als verstorben angibt. In Wirklichkeit hat Baker den Jungen und das Mädchen nach der Trennung gekidnappt, um sie weitestmöglich von ihrer Mutter fernzuhalten. Die Geburtsurkunde der Frau, aus der Marilyn Monroe werden soll, enthält schon so viele Erfindungen, dass man es fast als Omen sehen kann. Noch dazu wird ihr zweiter Vorname versehentlich falsch geschrieben. Das illegitime Kind wird zeitlebens aus dem Rahmen fallen.

Die labile Mutter, bei der später eine paranoide Schizophrenie diagnostiziert wird, ist der Sorge für ihre Tochter nicht gewachsen und gibt Norma Jean im Alter von zwei Monaten zu einer strenggläubigen Familie in Pflege, frommen Christen, die sie mit einem urteilenden Gott, der Sündhaftigkeit fleischlicher Lust und Kirche statt Kino erziehen. Die nahe Welt Hollywoods gilt ihnen als die Welt der Verführung und der Sünde.

Es ist der Beginn einer Kindheit, in der es für das Mädchen unklar ist, zu wem es gehört. Die Pflegemutter sagt ihr, dass nicht sie, sondern die rothaarige Frau, die hin und wieder zu Besuch kommt und sie gelegentlich in ein Apartment mitnimmt, ihre leibliche Mutter sei. Und den Pflegevater darf sie zwar *Daddy* nennen, doch ihr Vater ist er nicht, ihr Vater ist nicht mehr vorhanden. In der Wohnung ihrer Mutter hängt ein Foto von einem Mann mit dünnem Schnurrbart, und der sei ihr Vater, hat Gladys gesagt. In einem Fotoalbum, das sie später zusammenstellen wird, klebt Norma Jean auf die erste Seite ein Foto von Clark Gable, den sie sich als Vater vorstellt, weil er dem Mann auf dem Foto im Schlafzimmer ihrer Mutter ähnelt.

Als Norma Jean sieben Jahre alt ist, holt Gladys sie aus der relativen Geborgenheit der Pflegefamilie heraus und versucht, selbst für das Kind zu sorgen. Nervös und reizbar, wie sie ist, fährt sie schon aus der Haut, wenn Norma Jean in einem Buch blättert, weil ihr das Rascheln der Seiten unerträglich ist. Es dauert nicht lange, und sie bricht völlig zusammen und wird in eine psychiatrische Anstalt eingeliefert. Dieses Mal endgültig. Ihre beste Freundin Grace wird zu Norma Jeans Vormund bestimmt, und sie bringt das Mädchen mal bei dieser Verwandten, mal bei jener Bekannten unter. Doch wann immer sie sich Zeit für ihr Mündel nehmen kann, tut sie es. Genau wie Gladys früher arbeitet Grace in den Filmstudios. Und sooft sie kann, nimmt sie Norma Jean mit ins Kino – Norma Jean, für die Hollywood, das Reich ihrer Mutter und ihres Vormunds, die Welt der Sünde, die verbotene Welt des Scheins ist. Als Grace den Mann fürs Leben kennenlernt und die Liste der Unterbringungsmöglichkeiten für Norma Jean erschöpft ist, sieht sie sich genötigt, das neunjährige Mädchen in ein Waisenhaus zu bringen. Sie muss Norma Jean hineinzerren. Das Mädchen schreit, dass das ein Irrtum sei, sie sei keine Waise. Das Einzige, was ihr hilft, die zwei Jahre im Waisenhaus durchzustehen, ist Graces Prophezeiung, dass sie eines Tages berühmt sein werde. Sie klammert sich an die Vorstellung von einer glitzernden Zukunft als Star. Für das Kind, das mit einem rächenden Gott aufgewachsen ist, kommt der Traum von Hollywood zwar einem Traum von Sodom und Gomorrha gleich, doch die sündige Phantasie ist für Norma Jean die einzige Möglichkeit, der schmerzlichen Wirklichkeit zu entfliehen. Sie weiß inzwischen, was alle Frauen wissen, die sich nach einem anderen als dem normalen Leben sehnen: Wenn sie sich benimmt, wie es sich gehört, wird sie es nie zu etwas bringen. Sie kommt vielleicht in den Himmel, ja, aber sonst?

In den kommenden Jahren wird sie alles tun, was Gott verboten hat. Sie wird die Feste feiern, wie sie fallen, immense Mengen von Aufputsch- und Beruhigungsmitteln schlucken, Tag für Tag literweise

Sekt trinken, und wie jede Frau, die die gesellschaftlichen Regeln verletzt und Gebote mit Füßen tritt, erwartet sie, eines Tages für ihre Sünden bestraft zu werden. Und wenn es keinen Vater und keinen Gott gibt, sie zu strafen, wird sie es selber tun.

Cees Nooteboom hat einmal geschrieben, dass am Anfang einer großen Liebe die Sehnsucht nach der großen Liebe stehe. Vergleichbares lässt sich über Star-Ambitionen sagen. Da auch die Sehnsucht eine eigene Logik und Entstehungsgeschichte hat, können wir verstehen, dass das abgeschobene Kind Norma Jean davon träumte, ein Star zu werden. Das schöne, schüchterne, stotternde Mädchen kennt bis zu seinem zehnten Lebensjahr nur einen Phantasievater, Ersatzeltern, eine Pseudofamilie, Pseudogeborgenheit. Kein Haus wird zu einem Zuhause, jede Form von Geborgenheit ist provisorisch, denn die Familie ist nicht echt, sondern ein Surrogat, und die Surrogatfamilie kann Norma Jean von jetzt auf nachher weggeben. Sie weiß nie, warum sie nicht zufriedenstellt, warum sie nicht gut genug ist, um irgendwo bleiben und dazugehören zu dürfen. Langsam, aber sicher muss sich Norma Jean da wie ein wertloser Gegenstand vorkommen, ein seelenloses Ding, das man weggeben kann, wenn es einem nicht mehr gefällt. Glaubt man Norman Mailer, der eine Romanbiographie über Marilyn schrieb, ist das auch die Haltung, die sie schon in jungen Jahren gegenüber sich selbst entwickelt: »Sie lebt in der großen Angst, dass sie sich wegwerfen wird, ja sie weiß, dass sie eines Tages Selbstmord begehen wird.«

Norma Jean ist ein Kind, das sich kaum zu rühren wagt, bloß nicht zu laut sein will, sich immer wieder einer neuen Umgebung anpasst und nur auf die anderen schaut, um zu sehen, ob sie in deren Augen genügt, ob sie gefällt, ob sie hübsch, lieb, brav genug ist. Als sie schon vor dem zwölften Lebensjahr zweimal vergewaltigt wird, muss das zur tragischen Blaupause ihres Lebens gereicht haben: Wenn sie erwünscht ist, dann als Sexualobjekt.

Genau so kann es auch kommen.

Für Norma Jean ändert sich das Leben einschneidend, als sie mit etwa dreizehn zu einer schönen, frühreifen Frau wird und über die Anziehungskraft ihres Körpers die Macht der Begierde entdeckt. Sie zieht die Blicke von Männern wie Frauen auf sich. Wenn im Leben keine Liebe zu haben ist, gibt man sich mit Beachtung zufrieden. Das ist ein faustischer Tauschhandel mit dem Teufel, der unwiderruflich zum Untergang führt.

Die meisten Pubertierenden entdecken um dieses Alter herum die eigene Begierde, machen die verwirrende und mächtige Erfahrung, dass ihr Körper sexuell erregt werden kann. Sie lernen die süße Wonne und die bittere Qual des Verlangens nach dem anderen kennen und werden damit in das Drama der psychischen und physischen Abhängigkeit eingeweiht. Doch für das junge Mädchen, das zum Star Marilyn Monroe und zur Ikone weiblicher Sinnlichkeit werden soll, ist die Veränderung ihres Körpers kein Moment der Selbstentdeckung, nicht die wichtige Initiation, die die Erkenntnis beschert, dass der eigene Körper Genuss zu erfahren vermag. Wie für jeden angehenden Star ist für sie nur eine Frage wichtig: Mit *was* habe ich *welche* Wirkung auf andere? Zu entdecken, mit welchen Mitteln man Macht über sein Umfeld ausüben kann, ist der einzige Ausweg aus der Machtlosigkeit beziehungsweise aus der gähnenden Leere der Entbehrung. Jedes Talent wird entwickelt, um ein Manko zu kompensieren, zu verschleiern, zu verdrängen.

Als sie dreizehn ist, entdeckt Norma Jean, dass ihr Körper bei anderen Begierde weckt. Sie weiß, wie sie sich in Szene setzen muss. Der Star ist geboren. Sex ist das Mittel, das sie einsetzt, damit sie gewollt wird, damit man ihr Beachtung schenkt.

Sie spielt die unbegrenzte Verfügbarkeit, egal, für wen, und das tut sie mit einer Mischung aus Raffinesse und kindlicher Unschuld, als könne sie nichts dafür, dass sie so schön, so weiblich, so anziehend ist. Sie gehört zu niemandem, und deshalb gehört sie allen. »Ich wusste, dass ich der Öffentlichkeit und der Welt gehöre. Nicht weil ich talentiert oder schön war, sondern weil ich nie jemand anderem gehört habe.«

Noch bevor ihr jemand einen neuen Namen gibt und sie Marilyn Monroe tauft, wird der Star geboren, als Abspaltung von dem vaterlosen, unehelichen Kind Norma Jean. Von dem Tag an, da das junge Mädchen die Macht der Begierde entdeckt, kreiert es die verführerische Kindfrau, die sinnliche Verführerin, eine symbolische, erfundene Persönlichkeit, die sie jedes Mal hervorzaubert, wenn sie in den Augen irgendeines anderen genügen muss, wenn sie andere dazu verführen muss, sie zu lieben oder, wenn das zu viel verlangt ist, wenigstens ihr Aussehen zu bewundern.

Jeder andere ist Publikum.

Alle Augen der Welt sind Fotokameras, und die Kamera verwandelt sie in Marilyn Monroe. »Ich kam mir immer wie eine Null vor«, sagt sie, »und da war das die einzige Möglichkeit, jemand zu sein, na ja, eine andere zu sein. Deshalb wollte ich schauspielern.«

Die Tragödie Marilyn Monroes besteht darin, dass Marilyn Monroe ihre größte schauspielerische Leistung ist, sie aber die reale Frau, die diese spielte, aus der Welt schaffen musste. Die Wirklichkeit der Norma Jean ist unerträglich. In ihrer New Yorker Zeit träumt sie eines Nachts, sie werde von Lee Strasberg operiert. Ihr Psychiater hat die Betäubung verabreicht, und ihr Ehemann Arthur Miller wartet draußen auf dem Gang. Als Strasberg sie aufschneidet, in der Erwartung, in ihrem Innern wer weiß was zu finden, erweist sich, dass sie völlig leer ist. Er stößt auf nichts als Sägemehl.

Wie kann man einem Blick trauen, von dem man weiß, dass man ihn manipuliert hat? Wie kann man der Liebe der Massen trauen, wenn man weiß, dass es die Liebe zu einer Illusion ist, zu einer Rolle, die man spielt, einem Image, das man kreiert hat? Marilyn Monroe möchte die Frau kennenlernen, die Marilyn Monroe spielt, und sie begreift, dass der einzige Weg, der zum höchsten Wissen führt – dem um das eigene Selbst –, über einen anderen führt und wir nur durch die Liebe entdecken, wer wir sind. Wofür sonst ist ein Ehemann da als dafür, dich echt zu machen?

Als Arthur Miller sie 1955 wiedersieht, vier Jahre nachdem man ihn mit ihr bekannt gemacht hatte und er sich aus der Bezauberung losreißen musste, um seine Ehe zu retten, ist der ursprüngliche Körper von Norma Jean kräftig bearbeitet worden, um das Bild von Marilyn Monroe zu perfektionieren. Auf Anraten anderer ist der Haaransatz erhöht, sind die Zähne begradigt und die Kiefer verschmälert worden, wurde aus der Nasenspitze Knorpelmasse entfernt und das Haar gebleicht, so dass es unwahrscheinlich blond ist. Sie wiegt sich jetzt beim Gehen in den Hüften, weiß genau, wie weit sie die Augenlider senken muss, um einen Blick hervorzuzaubern, der wollüstig wirkt, hat lange an einem strahlenden Lächeln gefeilt, bei dem aber nicht zu viel Zahnfleisch entblößt wird; sie hat ihre Stimme um einen Ton gesenkt, Gesangs- und Tanzstunden genommen sowie ihren sprachlichen Ausdruck verbessert. Es kostet durchschnittlich fünf Stunden, um Marilyn Monroe in vollem Ornat zu erschaffen, mit der richtigen Frisur, der ausreichenden Schicht Schminke, künstlichen Wimpern, Eyeliner, Mascara, Lidschatten, Lippenkonturen- und Lippenstift. Marilyn Monroe ist eine Rolle, eine Figur, die sie kreiert hat, ein Image. Auch ohne Make-up kann sie die Monroe an- und abschalten wie eine Aufziehpuppe.

Ruhm macht aus einem realen Menschen eine Figur im Leben einer anonymen Masse. Männer, die in ihre Nähe gelangen, wollen sie allesamt anfassen und werden dabei auch schon mal übergriffig. »Die denken wohl, das passiert nur deinen Kleidern«, sagt sie über diese Entseelung.

Am 29. Juni 1956 heiraten der Schriftsteller und der Star. Sie leben beide von der Fiktion: der Dramatiker, indem er Rollen für andere erschafft, der Star, indem er seine eigene Schöpfung spielt, eine fiktive Figur, die Marilyn Monroe heißt und, wie von ihr selbst beschrieben, so etwas wie ein Schleier ist, den sie über Norma Jean trägt. Wie die Geburtsurkunde Omen für ein erfundenes Leben war, war der Heiratsantrag von Arthur Miller Omen für eine Liebe, die zum Scheitern verurteilt ist. Während sie ihre tiefe Sehnsucht nach Echtheit auf diesen zukünftigen Ehemann projiziert, benutzt er die Kamera, um seine Heirat mit der berühmtesten Frau Amerikas zu verkünden. Nachdem er wegen des Verdachts kommunistischer Aktivitäten vor dem McCarthy-Ausschuss erscheinen musste, wird er auf einer Pressekonferenz interviewt. Vor ganz Amerika kündigt er dort an, dass er Marilyn Monroe heiraten werde. Er hat nur vergessen, Marilyn Monroe selbst vorher zu fragen, ob sie seine Frau werden möchte. Dass sie über die Kamera, das Instrument, das mehr als reale Eltern ihr Ursprung und Erzeuger ist, davon erfährt, sie solle Arthur Millers Frau werden, hätte ihr eine Warnung sein können, dass der Schriftsteller den Star heiraten will, eine Frau der Imagination, und dass er mit der leidenden und seelisch angeschlagenen Frau, die sich in diese Figur geflüchtet hat, vielleicht nicht so gut zu Rande kommen wird.

1960, als ihre Ehe mit dem Autor nach vier Jahren de facto am Ende ist, sie aber beide noch den Schein einer Beziehung aufrechterhalten, solange sie in *The Misfits* (dt. *Nicht gesellschaftsfähig*) die Roslyn spielt, eine Rolle, welche er ihr auf den Leib geschrieben hat, trifft einer ihrer früheren Regisseure Marilyn weinend auf dem Gelände der Paramount-Studios, wo die letzten Aufnahmen für den Film gedreht werden. »Mein ganzes Leben lang habe ich Marilyn Monroe, Marilyn Monroe und noch mal Marilyn Monroe gespielt«, schluchzt sie, und dass sie das Gefühl habe, jedes Mal sich selbst zu imitieren. Dabei hatte sie gehofft, dass die Liebe sie echt machen würde. »Als ich ihn geheiratet habe, träumte ich davon, dass ich mich über ihn von Marilyn Monroe befreien könnte, aber stattdessen passiert hier genau das Gegenteil. Ich habe das einfach nicht mehr ausgehalten. Ich musste weg. Bloß keine Szene mit Marilyn Monroe mehr.«

Niemand konnte Marilyn Monroe von Marilyn Monroe befreien, und deshalb tat sie es selbst. Am 5. August 1962 wird sie tot in ihrem kahlen Schlafzimmer aufgefunden. Neben dem Bett stehen die leeren Gläser, in denen die Schlaftabletten waren, die sie eingenommen hat. Kaum drei Monate vor ihrem Selbstmord hat sie in einem zum Bersten gefüllten Madison Square Garden »Happy Birthday« für den Präsidenten der Vereinigten Staaten, John F. Kennedy, gesungen. Weil sie notorisch zu spät kam, wurde sie an jenem Abend mehrere Male vergeblich angekündigt. Als sie dann schließlich doch die Bühne betrat, mit Trippelschrittchen in einem nichts verbergenden, beängstigend hautengen Kleid, kündigte der Conférencier sie mit einem scherzhaft gemeinten: *»Ladies and gentlemen, the late Marilyn Monroe«* an.

Das abgeschobene, misshandelte, verlassene Kind ist sechsunddreißig Jahre alt geworden. Die Blicke der Millionen, die Marilyn Monroe erschufen, reichten nicht aus, um Norma Jean Baker von ihrer Daseinsberechtigung zu überzeugen. Fast fünfzig Jahre später ist das Kleid, das sie in der berühmten U-Bahn-Szene aus *Das verflixte siebente*

Jahr trug, genauso zur Ikone geworden wie der Star selbst. Es wird 2011 bei einer Auktion in Beverly Hills wie eine Heiligenreliquie für 5,6 Millionen Dollar verkauft. Letztlich passiert es ihren Kleidern.

Marguerite Duras
1914–1996

Sie ist sechsundsechzig, sie lebt an der Küste der Normandie, und sie ist allein. Wie ihr ein Liebhaber mit fünfzehn vorhergesagt hatte, ist sie allen Männern in ihrem Leben untreu gewesen und hat sich aus jeder Ehe davongemacht. Hier in Trouville empfängt sie schon seit Jahren wunderschöne Briefe von einem homosexuellen jungen Philosophiestudenten aus Caen, manchmal mehrere am Tag. Sie hat nie zurückgeschrieben, ihm nie eine Antwort geschickt, nie von sich hören lassen. Bis zum Januar 1980. Sie ist einsam und depressiv und hat einen irrsinnig hohen Blutdruck. Ein Arzt verschreibt ihr Antidepressiva, aber sie verschweigt, dass sie Alkoholikerin ist. Durch das Zusammenwirken von Tabletten und Alkohol verliert sie mehrmals am Tag das Bewusstsein und wird schließlich in ein Krankenhaus oberhalb von Paris eingeliefert. Es ist nicht das erste und auch nicht das letzte Mal, dass der Alkohol sie an die Schwelle zum Tod bringt und sie in komatösem Zustand oder mit einem Delirium tremens im Krankenhaus landet. Aber sie erholt sich immer wieder, auch diesmal. Nach der Entlassung aus dem Krankenhaus tut sie etwas, was sie all die Jahre vorher versäumt hat. Sie schreibt dem Studenten aus Caen einen Brief. Sie schreibt ihm, dass ihr das Leben schwerfalle, dass sie zu viel trinke und gerade mit einer Depression im Krankenhaus gewesen sei. Abrupt hört der Fan auf zu schreiben. Er nimmt sich einige Monate Bedenkzeit, bevor er den Schritt tut, der sein Leben ein für alle Mal verändern wird. Er ruft sein Idol an, lässt alles hinter sich, reist nach Trouville und bleibt bis zu ihrem Tod 1996 bei ihr. Der junge Mann ist der achtundzwanzigjährige Yann Lemée. Sie wird ihm einen neuen Namen geben. Sie nennt ihn Yann Andréa.

Marguerite Duras wird als Marguerite Donnadieu am 4. April 1914 in Indochina geboren. Sie ist das jüngste Kind französischer Beamter: eines Mathematiklehrers, der in der Kolonie Schuldirektor wird, und einer strenggläubigen, autoritären Grundschullehrerin, die von den Schülern spöttisch Madame Dieu genannt wird. Als Marguerite sechs Monate alt ist, erkrankt ihre Mutter so schwer, dass sie in Frankreich behandelt werden muss. In den acht Monaten, die bis zu ihrer Genesung vergehen, kümmert sich das Hauspersonal um das Baby und seine beiden älteren Brüder. Auch der überaus kränkliche Vater, der an chronischer Erschöpfung und Antriebslosigkeit leidet, ohne dass Ärzte feststellen könnten, was ihm denn nun genau fehlt, wird regelmäßig in die Heimat zurückgeschickt, um sich von seiner schlechten körperlichen Verfassung zu erholen. Ende 1921 stirbt er einen einsamen Tod in dem Haus, das er einst in der französischen Gemeinde Duras gekauft hat. Marguerite ist sieben Jahre alt, als ihre Mutter in Indochina das Telegramm mit der Todesnachricht erhält. Sie wird fast ihr Leben lang behaupten, dass sie sich nicht an ihren Vater erinnern könne und sein Tod sie nicht berührt habe. Sie sei es gewohnt gewesen, dass er nicht da war, und habe kein anderes Familienleben gekannt als das, das sich voll und ganz um die Mutter drehte, die gestörte Mutter, die eine krankhafte Liebe zu ihrem Erstgeborenen, Pierre, hegte und für die beiden anderen Kinder nicht mehr genug Liebe übrig hatte. Duras soll es als großes Unglück erfahren, dass sie weniger geliebt wird als der älteste Bruder. Die Mutter ist nicht imstande, die beiden Jüngeren vor den Grausamkeiten Pierres zu behüten. Über ihren zweiten Bruder, Paul, wird Duras ihr Leben lang mit inzestuöser Zärtlichkeit sprechen, über den Ältesten mit Angst und Hass. Der bösartige, perverse, gewalttätige Liebling der Mutter kann dank deren unbegreiflich großer Liebe die gesamte Familie terrorisieren, physisch und verbal. Er misshandelt seinen jüngeren Bruder und seine kleine Schwester, schlägt und demütigt, brüllt und schreit, die Mutter brüllt und schreit zurück, draußen im Dschungel kreischen die Affen, es ist nie still, nicht im Haus, nicht um das Haus herum. Die Tochter träumt davon, den ältesten Bruder umzubringen. Alles ist extrem in dieser aus dem Gleis geratenen, verarmten Familie, die Marguerite das Gefühl gibt, eine Außenseiterin zu sein, und sie sehnlich wünschen lässt, zur Familie, zur Mutter zu gehören, geborgen zu sein. Sie liebt ihre Mutter über alles, hasst sie aber gleichermaßen. Mit diesen widerstreitenden Gefühlen fertig zu werden ist für sie nur über harte Arbeit möglich; sie geht als einziges Kind der Familie studieren und setzt allen Eifer daran, den Traum der ehrgeizigen Mutter zu verwirklichen, den Traum von Reichtum und Erfolg. Die Überzeugung, eine Schriftstellerin zu sein, hält sie am Leben. In einem ihrer bekanntesten Bücher, der autobiographischen Erzählung *L'Amant* (1984) (dt. *Der Liebhaber*, 1985), schreibt sie: »Ich bin noch immer in dieser Familie, da wohne ich unter Ausschluss jedes anderen Orts. Inmitten ihrer Dürre, ihrer schrecklichen

Härte, ihrer Boshaftigkeit bin ich am tiefsten von mir überzeugt, bis ins Innerste erfüllt von meiner eigentlichen Gewissheit: dass ich später schreiben werde.«

Duras kann nur als Schriftstellerin leben, einen anderen Weg gibt es nicht. Die Veröffentlichung ihres ersten Romans *Les impudents* (1943) (dt. *Die Schamlosen,* 1999) wird sie wie eine zweite Geburt erfahren. Sie hat den Namen des abwesenden Vaters abgelegt und sich umgetauft, nach dem Ort, an dem er starb: Duras. Genau wie im Leben der anderen Frauen, die sich umtaufen, ist es der Versuch, die Herkunft zu tilgen. So wie Marilyn Monroe sagte: »Ich hatte einen neuen Namen: Marilyn Monroe. Ich musste neu geboren werden, und dieses Mal besser als beim vorigen Mal«, sagt Duras bei Erscheinen ihres Debüts: »Marguerite Duras war geboren.«

Es ist denn auch kein Wunder, dass das Schreiben für Duras ein religiöser Akt ist, der an das Absolute und Heilige grenzt, dass sie mit dem Roman versucht, sich dem Unaussprechlichen anzunähern, Geheimnisse zu enthüllen, die unerträglich sind, Begriffe zu untersuchen, die sich unserem Verständnis entziehen – Gott, die Liebe, der Tod, das Töten, das »unbegreifliche Los zu leben«. Sowohl das Schreiben als auch die Liebe sind für sie mit dem Verlangen nach Offenbarung verbunden, damit, im Allerindividuellsten das Universelle zu finden. Die Offenbarung, das Erkennen von Gut und Böse, erfordert die Übertretung von Geboten. Duras ist die Autorin des Verbotenen, des Inzests mit dem geliebten Bruder, des fünfzehnjährigen Mädchens, das als weiße Kind-Prostituierte Sex mit dem älteren chinesischen Liebhaber hat, des Geldes wegen und um in die körperliche Liebe eingeweiht zu werden. Sie schreibt über das Verbrechen aus Leidenschaft, die Lust der Selbstzerstörung durch Alkohol, die Angst vor dem Wahnsinn, über Mord und Selbstmord, über Hass und Rachsucht. Das alles untersucht sie in ihrem Werk und verstößt damit gegen die Regeln der normalen, der Alltagswelt. Doch das Verbotene ist nicht nur Gegenstand ihres Werks, das Schreiben selbst ist gefährlich und grenzüberschreitend. Die Hingabe, die das Schreiben verlangt, ist auch eine Hingabe an den Tod. »In der Einsamkeit des Schriftstellers lauert der Selbstmord«, schreibt sie. »Du bist bis in deine eigene Einsamkeit hinein allein. Das ist immer unvorstellbar. Immer gefährlich. Ja. Ein Preis, der bezahlt werden muss, weil du es gewagt hast, hinauszugehen und zu schreien.«

Mit repetitiven Wendungen, mehrmaligen Neufassungen ein und derselben Geschichte, Versionen, in denen sie dieselben Figuren auftreten lässt und obsessiv um wiederkehrende Themen und Motive kreist, versucht sie, dem Kern eines Geschehnisses oder einer Einsicht immer näher zu kommen, Erkenntnissen, die schockierend, schrecklich und ungewöhnlich sind. Für die radikale Duras ist es undenkbar, sich den Konventionen des Romans anzupassen, und mehr und mehr verwirft sie die traditionellen Merkmale des Genres, um die Form nach eigenem Belieben zu gestalten, Bücher zu schreiben, die man eigentlich nicht mehr als Romane bezeichnen kann. Sie weiß wie kein anderer, dass kompromissloses Schreiben in der permanenten Überwindung der Scham bestehen muss, wenn sie mit nimmermüder Hartnäckigkeit Tabus brechen, gegen Dogmen, Konservatismus, Traditionalismus, eine verkrustete Sprache rebellieren will. Das Vorhandene genügt nicht oder ist zu platt, falsch, unecht, scheinheilig. In der Leidenschaft, im Wahnsinn, im Alkohol, im Schreiben und in der Liebe sucht Duras nach dem Äußersten, dem Echten, dem Wahren. Die Frauen in ihren Werken sind verstümmelt, durch das Leben, durch die Geschichte (die Kolonien, Auschwitz, Hiroshima) oder durch die Liebe, und sie richten sich mittels

Alkohol zugrunde. Das Verlangen zu lieben grenzt an das Verlangen, zu töten, getötet zu werden, den anderen zu zerstören, selbst zerstört zu werden. *Détruire, dit-elle* ist der Titel eines ihrer Bücher. *Zerstören, sagt sie*. Das ist für Duras ein Leitmotiv. »Du tötest mich. Du tust mir wohl«, lautet der berühmteste Satz aus *Hiroshima mon amour*, dem Film von Alain Resnais nach einem Drehbuch von Duras.

Schreiben und Rebellion sind bei Duras ein und dasselbe. Das Schreiben ist mit der gleichen Leidenschaft verbunden, die sie mit der Liebe verbindet, einer Leidenschaft, die Frauen befähigt, mit ihrer Gesellschaftsschicht zu brechen und ihre Begriffe von Sünde abzulegen. Aufstand, Revolte, Verstoß gegen die Regeln des Anstands, der sexuellen Moral, der sozialen Ordnung eines Milieus, Leben ohne Wenn und Aber, so arbeitet sie, so liebt sie. Sie schreibt über die Einsamkeit des Schreibens, über den Alkohol und die Zerstörungen, die er anrichtet, über die Wonnen der körperlichen Liebe, über die Grausamkeit, den Schmerz, den Verlust. Und immer wieder schreibt sie diese Geschichte über die unbegreifliche Kindheit, die inzestuöse Liebe zu ihrem Bruder Paul, die Angst vor den Misshandlungen durch den ältesten Bruder, über den chinesischen Liebhaber, die wahnsinnige Mutter.

Keine andere Tochter hat so eindringlich, so mitleidvoll und mitleidlos über eine Mutter geschrieben wie Marguerite Duras. Sie hat sich verzweifelt nach der Liebe dieser leidgeplagten, traurigen Frau gesehnt, die einen Rückschlag nach dem anderen einstecken muss, die nach dem Tod ihres Mannes sehen muss, wie sie allein mit drei Kindern in der unbarmherzigen Natur Indochinas überlebt, die von der französischen Verwaltung ein Stück Land angedreht bekommt, das nichts wert ist, und die wider alle Vernunft weiterhin vom unendlichen Reichtum träumt. Die Tochter liebt und bewundert diese bedauernswerte Mutter, deren Güte, deren blinden und naiven Überlebenswillen, und zugleich verabscheut und hasst sie diese Frau, die sie mit einem Stock schlägt, sie ausbeutet, indem sie den reichen Liebhaber für die Kosten der Familie aufkommen lässt, und die sie und ihren angebeteten Bruder Paul weder vor dem Terror des Ältesten beschützt noch vor dem Schwindel, den Duras später in *Der Liebhaber* beschreibt. Ihr Leben lang wird sie in der Liebe von dieser Ambivalenz zerrissen sein, wird sie nie lieben können, ohne auch zu hassen, wird ihre große Sehnsucht nach der Liebe untrennbar mit der Sehnsucht nach dem Tod verbunden sein.

»Ich kenne es, das Verlangen, getötet zu werden. Ich weiß, dass es das gibt«, sagt sie in einem Interview. Es ist das Verlangen, das sie unter anderem in *Moderato cantabile* (1958) (dt. 1959) beschreibt, worin ein Mann und eine Frau Zeugen eines Verbrechens aus Leidenschaft werden, eines Mordes, den ein Mann begeht, der damit den ultimativen Liebeswunsch seiner Geliebten erfüllt, nämlich den, von ihm getötet zu werden. Aber auch der Alkohol ist für Duras mit diesem Verlangen nach Zerstörung verbunden. In *La vie materielle* (1987) (dt. *Das tägliche Leben*, 1988) sagt sie: »Der Alkohol bringt die Einsamkeit zum Schwingen und führt dazu, dass man sie schließlich allem anderen vorzieht. Trinken heißt nicht zwangsläufig sterben wollen, nein. Doch kann man nicht trinken, ohne daran zu denken, dass man sich umbringt. Mit dem Alkohol leben heißt mit dem Tod in Reichweite leben.«

So maßlos sie als Schriftstellerin ist, so maßlos trinkt sie, von frühmorgens bis spätnachts, unvorstellbare Mengen, Whisky, Likör, Wein, manchmal fünf Liter am Tag. Der Alkohol soll die schreckliche Abwesenheit Gottes erträglich machen, die

Gleichgültigkeit des Universums gegenüber dem menschlichen Leiden; der Alkohol soll die existentielle Einsamkeit der Autorin lindern, soll sie töten. »Der Alkohol tröstet über nichts hinweg, er füllt die psychischen Räume des Individuums nicht aus, er ersetzt nur das Fehlen Gottes. Er tröstet den Menschen nicht.«

Ein ums andere Mal treiben Alkohol und Depressionen Duras an den Rand des Abgrunds, und sie wird mit Delirium, Lähmungen, Emphysemen, Leberversagen, Hirnblutungen, Psychosen ins Krankenhaus eingeliefert. Gleich drei Mal kommt es vor, dass sie ins Koma fällt, aber mit einer animalischen Urkraft, die jeden verblüfft, erholt sie sich jedes Mal wieder, um danach einfach weiterzumachen mit dem »herrlichen Unglück«, das das Schreiben darstellt. Als sie 1989 aus einem mehrmonatigen Koma erwacht, spricht sie als Erstes von dem Buch, an dem sie bis dahin gearbeitet hatte, so als wäre sie nicht wochenlang bewusstlos gewesen, als hätte sie nur eine Nacht geschlafen und ihr Kopf unterdessen weiter Sätze geschmiedet. Sie wendet sich an den Mann, der die ganze Zeit treu an ihrem Bett gesessen hat, den letzten Mann in ihrem Leben, den Mann, der achtunddreißig Jahre jünger ist als sie, den Mann, den sie selbst umgetauft, des Namens seines Vaters entledigt und nach seiner Mutter Yann

Andréa genannt hat. Sie enteignet den Vater und schenkt den Sohn der Mutter.

Yann Andréa ist, neben den zahllosen Liebhabern, der dritte wichtige Mann in ihrem Leben. Über ihren ersten Mann, den von allen um seiner sanften Menschlichkeit willen geliebten Schriftsteller und Juristen Robert Antelme, wird sie, Jahre nach der Scheidung von ihm, das ergreifende *La douleur* (1985) (dt. *Der Schmerz,* 1986) schreiben.

Duras und Antelme heiraten 1939. 1942 bringt Duras ihr erstes Kind zur Welt, einen Jungen, der bei der Geburt infolge der Achtlosigkeit eines Arztes stirbt, ein Tod, den sie, wie auch den Tod ihres Bruders Paul, niemals verwinden wird. *Der Schmerz* handelt vom Jahr 1945, als Marguerite zunächst nicht weiß, ob Robert noch lebt. Mit ihm und dem Mann, der ihr Liebhaber ist und ihr zweiter Mann und der Vater ihres Sohnes werden wird, Dionys Mascolo, hat sie einer Widerstandsgruppe unter der Führung von François Mitterrand angehört. 1943 wird Antelme verhaftet und zunächst nach Buchenwald und später nach Dachau deportiert. Ohne sein Schicksal zu kennen, gibt sie der Trauer um den verloren gewähnten Geliebten Ausdruck.

Mit den diversen Versionen derselben Geschichte

erschafft Duras auch eine immer wieder andere Marguerite Duras. 1998, zwei Jahre nach ihrem Tod, erscheint eine Biographie über sie, in der die Autorin Laure Adler Fiktion und Wirklichkeit voneinander zu trennen versucht. Das ominöse Motto August Strindbergs, das sie der Biographie voranstellt, enthüllt die Absicht der Biographin: zu zeigen, dass Duras im Laufe eines langen Lebens allmählich selbst an ihre Fiktionen geglaubt hat. Strindberg schreibt an einen Freund: »Es kommt mir vor, als wandelte ich im Schlaf, als seien Dichtung und Leben miteinander verwoben. Das viele Dichten hat mein Leben zu einem Schattenleben gemacht. Ich habe das Gefühl, nicht mehr auf der Erde zu gehen, sondern schwerelos in einer Atmosphäre – nicht aus Luft, sondern aus Dunkel – zu schweben. Fällt Licht in dieses Dunkel, dann werde ich zertrümmert.«

Was kann dieses Licht anderes sein als die Wahrheit?

Und warum ist die Wahrheit so unerträglich, dass sie jemanden vernichten kann?

Was hat es doch mit dem Schreiben auf sich, dass es die Macht besitzt, das reale Leben zu verdrängen?

Adlers Biographie dringt in das Dunkel vor, das Duras mit einem autobiographischen Œuvre schuf, und sie stellt diese als megalomane Narzisstin hin, die immer mehr an eine selbst kreierte Figur zu glauben begann. Die Enthüllung, dass Duras im Krieg nicht nur die mutige Widerstandsheldin war, die sie in *Der Schmerz* beschreibt, sondern auch ein Jahr lang für die französische Regierung gearbeitet hat und somit in gewisser Hinsicht kollaborierte, trug Adler in der französischen Presse die Beschuldigung ein, eine Judasbiographie geschrieben zu haben, eine Biographie, die Verrat an der beschriebenen Person begeht. In einem Interview mit der niederländischen Tageszeitung *Trouw* verteidigt sich Adler gegen diesen Vorwurf damit, dass sie Duras nicht ihrer Mystifikationen wegen verurteile, sondern habe zeigen wollen, wie die Autorin immer mehr an ihre eigene Fiktion und ihre eigenen Erfindungen zu glauben begann.

»Duras erfand eine Figur, zu der sie selbst wurde. Sie rekonstruierte ihr Leben in ihren Romanen und konnte schließlich nicht mehr zwischen diesem imaginären und dem realen Leben unterscheiden. In Interviews präsentierte sie *Der Liebhaber* und andere Texte explizit als autobiographisch, begann aber andererseits von sich selbst in der dritten Person zu sprechen. ›Duras ist der Meinung, dass …‹, eine doch recht blasierte Selbstdarstellung, die einigen Widerwillen hervorrief.«

So wie Norma Jean Baker den Star Marilyn Monroe schuf, um mit dieser Kunstfigur die öffentliche Bühne zu erobern, schuf Marguerite Donnadieu die Autorin Duras. Beide Frauen versuchen mit der Neugeburt ihre ursprüngliche Geburt und Kindheit ungeschehen zu machen, diese ohne das Zutun leiblicher Eltern aus sich selbst heraus zu revidieren. Sich von der Herkunft zu lösen ist für beide schiere Notwendigkeit, weil sie ohne einen Vater und dessen Gebote aufwuchsen und nicht mehr an die unzulängliche, zerstörerische, kranke Liebe der Mutter gebunden sein wollen. Sie sind allein auf der Welt, ohne Familie, ohne Vorfahren. Der neue Name ist nicht nur ein Image, das wie ein Schleier über das misshandelte Kind drapiert wird, sondern er ist eine neue Persönlichkeit, mit der sie in die Welt hinausgehen und sich von dieser Herkunft zu distanzieren versuchen, von dem gegebenen Namen, von dem gegebenen Unglück, von den Geboten.

»Marilyn Monroe würde das nicht tun«, sagt Marilyn zu einem Drehbuchautor, der ein schlechtes Skript verbessern soll, und Duras schreibt in ihren Manuskripten an den Rand: »Das ist nicht Duras«, oder: »Ist das wirklich Duras?« Die Biographin sieht darin, dass die Autorin in der dritten Person von sich selbst spricht, Narzissmus, aber trifft es das? In den Profilen von Serienmördern mag das seine Berechtigung haben, aber sonst halte ich es für ausgesprochen nichtssagend, wenn jemand als Narzisst abgestempelt wird. Donnadieu hat das Geschenk der »Frau Gott« zurückgewiesen und die Duras geschaffen. »Die Duras, die angebetet wird.« Es ist die ultimative Tragik des beschädigten Kindes, das sich, indem es zu einer anderen wird, selbst opfert und auslöscht. Die Selbstopferung ist die freiwillig vollzogene Strafe, eine Selbstbestrafung für die Übertretung von Gottes Gebot, für die Souveränität der Neugeburt. Von nun an kann keiner Liebe mehr vertraut werden, denn die Liebe zu der Frau von der öffentlichen Bühne ist die Liebe zu einem Idol, nicht die Liebe zur realen Frau, zum beschädigten Kind.

Drei Jahre nach dem Tod von Duras tut Yann Andréa das, wozu ihn die Frau, mit der er sechzehn Jahre zusammenlebte, immer angespornt hat: Er schreibt über sie. In *Cet amour-là* (1999) (dt. *Diese Liebe*, 2000) zitiert er sie: »Sie sagt: Wenn ich nicht Duras wäre, hätten Sie mich niemals angesehen. [...] Sie sagt: Sie lieben nicht mich, Sie lieben Duras, das, was ich schreibe. Sie sagt: Schreiben Sie: Ich liebe Marguerite nicht.«

Die Kamera kreierte Marilyn Monroe, die Feder kreierte Marguerite Duras. Ohne Kamera keine

Monroe, ohne Feder keine Duras. Wenige Tage vor ihrem Tod am 3. März 1996 sagt sie zu Yann Andréa: »Ich bin Duras. Duras, das ist vorbei. Ich schreibe nicht mehr.«

Jane Bowles

1917–1973

Zu den wunderlichsten Romanen der amerikanischen Literatur, die ich kenne, gehört *Two Serious Ladies* von Jane Bowles. Als es 1943 erschien, schrieb Edith Walton in der *New York Times,* dass jeder, der den Versuch wagen sollte, den Inhalt dieses unsinnigen, idiotischen Buches nachzuerzählen, Gefahr laufe, verrückt zu werden. Der Roman wurde zweimal ins Niederländische übersetzt und erhielt dabei zwei verschiedene Titel: *Twee keurige dames (Zwei wohlanständige Damen),* 1968, und *Twee dames die het leven ernstig nemen (Zwei Damen, die das Leben ernst nehmen),* 1986. Die Damen, um die es geht, sind Mrs. Copperfield und Miss Goering, und sie sind alles andere als wohlanständig, sondern *Zwei sehr ernsthafte Damen* (so der Titel der deutschen Übersetzung, 1984). Unabhängig voneinander streben sie nach Heiligkeit, nach Erlösung, und die Erlösung verlangt Opfer.

Die humorvolle, geistreiche, extravagante, unnachahmliche Jane Bowles nahm das Leben gleichfalls sehr ernst. Vielleicht sogar zu ernst. Da sie jede Entscheidung als moralische Wahl zwischen Gut und Böse auffasste – auch wenn es darum ging, ob sie einen roten oder einen grünen Pullover anziehen sollte –, fühlte sie sich Tag für Tag von einer pathologischen Unschlüssigkeit gelähmt. Links oder rechts, Seele oder Körper, Mann oder Frau, die Sünde oder die Heiligkeit – sie war permanent hin- und hergerissen und litt darunter. Mit neunzehn schrieb sie einem Freund: »Mein Unvermögen zu ›handeln‹ breitet sich aus. Neuerdings starre ich stundenlang auf mein Korsett, bevor ich es anziehe.«

Jane Bowles wird am 22. Februar 1917 in New York als Jane Auer, einziges Kind von Sidney (Isaiah) Auer und Claire Stajer geboren, beide österreichisch-jüdischer Herkunft. Bis zur Übersiedlung der Familie nach Long Island erhält Jane Privatunterricht und besucht eine französische Schule in Manhattan. Die große Tragödie ereignet sich, als sie dreizehn ist. Jane ist in einem Ferienlager, als sie am Morgen des 3. Juli 1930 von den Leitern beiseitegenommen wird und die schreckliche Nachricht zu hören bekommt, dass ihr Vater am Abend zuvor unerwartet einem Herzversagen erlegen sei. Sie wird in den Zug nach Long Island gesetzt, wo sie, völlig durcheinander, von einer Tante am Bahnhof abgeholt wird. Bis auf ein einziges Mal wird sie nie über ihren Vater sprechen. Was sie von ihm in Erinnerung behält, ist, dass er ein sanfter Mann war, der ihr als Kind prophezeite, dass sie bis an ihr Lebensende alles hinausschieben werde, und sie ermahnte, Probleme nicht zu dramatisieren. Jane Auer ist von nun an auf Gedeih und Verderb einer ehrgeizigen, überbesorgten Mutter ausgeliefert, die sie regelmäßig an das Gebot des Vaters erinnert, sie solle sich nicht in eine Phantasiewelt flüchten. Für das einfallsreiche Kind kommt das einem Verbot seiner Erfindungsgabe gleich, also dessen, was sie am meisten charakterisiert. Dass die Erfindungsgabe auch das Einzige ist, wozu die Tochter Zuflucht nehmen kann, um sich den abwesenden Vater vorzustellen, hatte er nicht vorhersehen können, als er mit fünfundvierzig starb.

Millicent Dillons Biographie über Jane Bowles trägt den faszinierenden Titel *A Little Original Sin*, ein schwer zu übersetzender Titel, da *original sin* im Englischen die Erbsünde meint, hier aber auch auf die Sünde der Originalität, des Andersseins angespielt wird. Die Biographin schildert das Leben der außergewöhnlichen Jane Bowles als eines, in dem die originäre Schöpferkraft von Beginn an mit dem Bösen verbunden wird. Für das Kind ist seine reiche Phantasie ein sündiger Makel. Als Dillon nach Informationen über Bowles' Kindheit recherchiert, scheinen mysteriöserweise sämtliche Spuren verwischt worden zu sein. Bis auf ein einziges Foto findet sich keine Abbildung von der kleinen Jane, gibt es keine Baby- oder Kinderfotos, auf denen sie zusammen mit ihrem Vater oder ihrer Mutter zu sehen ist, existieren keine Schulzeugnisse, Kinderzeichnungen oder andere materielle Erinnerungen an die ersten Jahre ihres Lebens. Einziges Fundstück Dillons ist ein überaus originelles kleines Gedicht, das die zwölfjährige Jane einer Freundin aus Kindertagen in deren Poesiealbum geschrieben hat. Während man erwarten würde, dass sich ein Mädchen in diesem Alter der für solche Zwecke gängigen Texte bedient (»Rosen, Tulpen, Nelken, alle drei verwelken. Stahl und Eisen bricht, aber unsere Freundschaft nicht«), schreibt sie:

You asked me to write in youre book
I scarcely know how to begin
For there's nothing orriginal about me
But a little orriginal sin

Was kann die kleine Erbsünde einer Zwölfjährigen sein? Ist des Vaters Verbot der Phantasie so tief in das Gewissen des jungen Mädchens eingedrungen? Oder besitzt sie bereits die geistige Reife, um selbst urteilen zu können, und weiß mit der intuitiven Intelligenz, die sensible Kinder schon früh entwickeln, dass sie anders ist, von anderen abweicht, eine Außenseiterin ist, die nie einer Gemeinschaft angehören wird?

Originell zu sein ist eine Sünde. Sollte Janes Erbsünde schlichtweg darin bestehen, dass sie als weibliches Wesen zur Welt gekommen ist, aber nie das Leben führen wird, das andere Frauen führen? Ein persönlicher Sündenfall, für den sie mit einer quälenden, wahnsinnig machenden Unentschlossenheit büßen muss?

Anderthalb Jahre nach dem Tod ihres Vaters sorgt ein tatsächlicher Fall für den zweiten dramatischen Einschnitt in Janes Leben. Sie ist fünfzehn, als sie beim Reiten vom Pferd fällt und sich das rechte Bein bricht, das ohnehin schon schwach war, seit sie als Baby von einer Krankenschwester fallen gelassen wurde und sich das Bein verletzte, das nie richtig verheilte. Nun folgt ein langer Leidensweg voll fürchterlicher Schmerzen. Der Bruch wird gerichtet, verheilt jedoch nicht. Nach mehreren vergeblichen Operationen stellt sich heraus, dass sie

Tuberkulose im Knie hat. Ihre Mutter bringt sie in einem Schweizer Sanatorium am südlichen Ufer des Genfersees unter und zieht selbst nach Paris, damit sie ihre Tochter regelmäßig besuchen kann. Jane bleibt zwei Jahre in dem Sanatorium und leidet jeden Tag. Sie bekommt Französischunterricht, liest André Gide und Marcel Proust und träumt davon, so schreiben zu können wie Louise de Vilmorin – eine stark gehbehinderte Autorin, die über sich selbst bemerkte, sie sei von Geburt an untröstlich. Allein, auf das Pflegepersonal angewiesen, unbeweglich gemacht durch ein in schweren Gips eingekapseltes Bein, zu nicht enden wollenden Tagen des Ruhens verurteilt, muss Jane gegen das Gebot des Vaters verstoßen und sich dem »regen Innenleben«, den »ständigen Kämpfen – meist religiöser Art« und den quälenden Gedanken hingeben, die sie auch der Figur Christina Goering in dem einzigen Roman, den sie in ihrem Leben schreiben wird, andichtet. Ob es damit zu tun hat, dass sie die Weisungen des Vaters missachtet, oder damit, dass das Öffnen der Schleusen der Phantasie auch die Dämonen hereinlässt, ist schwer zu sagen, aber sie entwickelt eine Reihe von Ängsten und Phobien, die ihr in ihrem weiteren Leben zu schaffen machen sollen. Genau wie das rechte Bein. Nach Amerika zurückgekehrt, wird sie ein weiteres Mal operiert. Diesmal wird das Kniegelenk versteift, da jede Bewegung Schmerzen bereitet. Jane Auer ist siebzehn, entwurzelt, verkrüppelt und anders als andere. Sie weiß, dass ihr sexuelles Interesse eher Frauen gilt als Männern, und sie leidet immer mehr unter ständiger innerer Zerrissenheit und Zweifelsucht. Nicht nur die Wahl zwischen rotem und grünem Pullover ist eine Tortur, sie bemisst jede Handlung nach einer höchstpersönlichen Auffassung von Sündigkeit und der sich daraus ergebenden Notwendigkeit zu Läuterung und Erlösung. Nach der Entlassung aus dem Sanatorium lernt sie auf der Überfahrt nach Amerika Louis-Ferdinand Céline kennen, der sie an Deck bei der Lektüre seines *Voyage au bout de la nuit* antrifft. Seit dieser Begegnung und den Gesprächen, die sie während der Reise mit Céline führt, ist sie sich sicher, dass eine Schriftstellerin in ihr steckt. Das Schreiben wird diesem schwierigen Leben Sinn geben, aber auch zu ihrer Absonderung beitragen. Schreiben ist Ausweg und Absturz in einem, da das Anderssein in Bowles striktem, idiosynkratischem Universum so sündig ist wie die Erfindungsgabe.

Zwei sehr ernsthafte Damen beginnt mit der Vorstellung einer der Hauptfiguren, Christina Goering, eines Mädchens, das bei anderen Kindern äußerst unbeliebt ist. Schon mit zehn Jahren »hatte sie etwas Fanatisches an sich, wie jemand, der sich als Führer anderer sieht, ohne auch nur je die Achtung einer einzigen Menschenseele errungen zu haben«. Für den, der weiß, dass Bowles in ihrer Kindheit am liebsten ein religiöser Führer werden wollte, ist die Beschreibung der kleinen Goering voll Ironie und auch von einem gewissen Selbsthass. Bowles lässt Christina die Führerphantasie in einem von ihr erdachten Spiel ausleben. Es heißt: »Ich vergebe dir all deine Sünden.« Das Mädchen, mit dem sie spielen will, fragt, ob das Spiel Spaß mache. »Wir spielen es nicht aus Spaß, sondern weil's notwendig ist«, antwortet Christina. Sie zieht dem Mädchen einen alten Leinensack über den Kopf, beschmiert es mit Schlamm, taucht es in einem Bach unter und bittet Gott, dieses Kind von seinen Sünden reinzuwaschen. Kein Zweifel, dass sie das aufregender findet als Verstecken zu spielen.

Mit zwanzig lernt Jane den Mann kennen, der ihr den Namen geben wird, unter dem sie bekannt werden soll, den damals sechsundzwanzigjährigen Paul Bowles, Dichter und Komponist. Er war in seiner Kindheit von einem tyrannischen, sadistischen Vater misshandelt worden und hatte erst mit fünf sprechen gelernt, zu diesem Zeitpunkt aber schon ganze Hefte mit Erzählungen vollgeschrieben. Nach der ersten Begegnung mit dem gutaussehenden, verschlossenen, geheimnisvollen Bowles bemerkt Jane einem Freund gegenüber: »Er ist mein Feind.« Doch als sie ihn einige Tage später wiedersieht und hört, dass er eine lange Mexikoreise zu machen gedenkt, sagt sie, dass sie ihn begleiten möchte. Ein Jahr nach ihrem ersten Treffen heiraten sie. Sie bleiben einander für den Rest ihres Lebens liebevoll zugetan, in einer exzentrischen Ehe, in der er nur noch sexuelle Beziehungen mit Männern hat, sie nur noch mit – meist unangenehmen, unnahbaren – Frauen. Nach dem Zweiten Weltkrieg emigrieren sie nach Marokko, wo sich Jane in eine überaus destruktive Liebesaffäre verstrickt: die Beziehung zu der mordgierigen Cherifa. Die nervöse und ängstliche Bowles ist dann schon schwere Trinkerin, hat einen Selbstmordversuch hinter sich und tut alles, wovor sie Angst hat, weil sie glaubt, dadurch Vergebung für ihre Sünden zu erlangen. Über das Schreiben sagt sie am Ende ihres Lebens, sie habe schon immer gefunden, dass es die schrecklichste von allen Aktivitäten sei, die sie gekannt habe, dass sie aber gleichzeitig das Gefühl gehabt habe, es tun zu müssen.

Das Œuvre von Jane Bowles ist winzig. Außer *Zwei sehr ernsthafte Damen* schreibt sie ein Theaterstück und einige Erzählungen. Wie auch im Werk von Patricia Highsmith kommen in ihrer Prosa immer zwei Figuren vor, die entweder krankhaft voneinander abhängig sind oder ein Verhältnis miteinander haben, das liebevoll beginnt und anschließend in Hass umschlägt. Für mich repräsentieren die beiden Damen im Roman, die beiden Schwestern in den Erzählungen, die beiden Mütter und die beiden Töchter in dem Theaterstück die lähmenden Widersprüche in der Persönlichkeit der Autorin, das Doppelherz, von dem sie in ihrem Tagebuch aus dem Jahr 1954 schreibt. Während Bowles an dem einzigen Theaterstück, das sie je vollenden sollte, *In the Summer House,* gearbeitet hatte, hatte sie Ideen für ein anderes Stück notiert, das nie geschrieben werden sollte. Darin kommt eine Figur vor, die sie wie folgt charakterisiert: »Sie glaubt, dass sie ein zweites Herz hat, und da sie das glaubt, kann sie die Lüge akzeptieren und aufrechterhalten. Ihr wildes Sich-Klammern an diese falsche Zuversicht entsteht aus ihrem Wunsch, nicht zu entdecken, dass sie eben doch nur *ein* Herz hat ... Sie hält ihre Lüge aufrecht – sie bewahrt ihre falsche Zuversicht, um nicht in ihr eines Herz zu versinken – das eine Herz ist sie selbst – es leidet – es ist Gott – es ist nichts ...«

Das falsche Herz ist jene Seite von Janes Persönlichkeit, die ihr dazu dient, sich etwas vorzumachen, ein eingebildetes Alter Ego, das ihr erlaubt, das Gebot des Vaters zu übertreten: Sie entflieht der Wirklichkeit und gibt damit einem sündigen Eskapismus nach. Sie hofft, durch die Verleugnung des echten Herzens, durch die Opferung des originellen Selbst, der eigentlichen Sehnsüchte, Vergebung für ihre Sünden zu erlangen. Die Originalität ist das, was Bowles von einem normalen Frauenleben und der Gemeinschaft absondert, und die Originalität ist ihre Sünde. Das Schreiben, das Einzige, was die Absonderung rechtfertigen kann, ist eine schmerzhafte, grenzüberschreitende Zuwiderhandlung. Außer dem Gebot des Vaters spuken auch noch die rigorosen Ansichten der französischen Philosophin und Mystikerin Simone Weil in ihrem Kopf. Weil, kurzsichtig, an Migräne, Überempfindlichkeit und Magersucht leidend, bekam mit etwa dreißig Visionen und trat, eigentlich jüdischer Herkunft, zum Katholizismus über. Weils vornehmlich posthum veröffentlichte Werke waren für Bowles von Anfang der fünfziger Jahre bis zu ihrem Tod wichtige Schriften. Sie fühlte sich verwandt mit der Mystikerin, die sich, obwohl sie nicht an Gott glaubte, für ein tiefreligiöses und sündiges Wesen hielt, das nach Gnade und Erlösung strebte. Weil suchte die Seligkeit darin, dass sie das Leid anderer tatsächlich mit ihnen teilte. Bowles fand auch für ihre Ambiguität gegenüber einer reichen Vorstellungswelt intellektuelle Unterstützung im Werk Weils. Die Philosophin betrachtet die Phantasie nicht als eine schöpferische, sondern als eine zerstörerische Kraft, eine, die die Wirklichkeit kannibalisch ausschlachte und Menschen aus Fleisch und Blut zu seelenlosen, eindimensionalen Monumenten mache, zu Idolen, fiktional, unecht und verlogen. Die Einbildungskraft, Lügen und Selbstbetrug, das Verdrängen der Wahrheit der Wirklichkeit dienten dazu, unsere schwache Persönlichkeit zu wahren, und das aus egoistischem Selbstschutz. Sie seien schuld daran, dass wir nicht den anderen lieben, wie er wirklich ist, sondern das Bild, das wir uns vom anderen machten. Das sei keine Nächstenliebe, sondern verkappte Eigenliebe und von daher sündig und schlecht, vergleichbar mit der Schlechtheit des Mörders, der in seinem Opfer kein lebendes Wesen sehen könne, sondern nur ein seelenloses Ding.

Weils negative Analyse der Einbildungskraft ist für Bowles Öl ins Feuer der Sünde. »Ist es das Schreiben, was ich aufschiebe, oder war es schon immer etwas anderes – ein religiöses Opfer?«, schreibt sie 1954 in ihr Tagebuch. Das religiöse

Opfer ist eine Selbstentäußerung wie die von Jesus Christus, die Entsagung von der Eigenliebe, mit der wir uns aufrechterhalten. Was das egozentrische Lieben versteinerter Idole heißt, begreift sie erst wirklich, als sie in Tanger ein Verhältnis zu der analphabetischen, wilden, gemeinen, gefährlichen Trinkerin Cherifa anfängt. »Ein Monster«, soll Paul Bowles später über sie sagen. Jane hat eine Heidenangst vor dieser wüsten Marktfrau, und trotzdem wünscht sie sich nichts mehr als deren Nähe. Genau wie die beiden Protagonistinnen in *Zwei sehr ernsthafte Damen* scheint Jane Bowles auf ihre eigene Vernichtung aus zu sein, etwas, worüber sie Mrs. Copperfield in dem Roman sagen lässt: »Ich *bin* vor die Hunde gegangen – und das ist etwas, das ich mir seit Jahren gewünscht habe. Ich weiß, meine Schuld könnte nicht größer sein, aber ich habe mein Glück, und das verteidige ich wie eine Wölfin, und Autorität habe ich jetzt und etwas mehr Kühnheit; Eigenschaften, die ich, wie Sie sich erinnern werden, vorher nie besessen habe.«

Ihrem Freund Truman Capote – der sie einmal als »unverbesserlichen Schelm« beschrieb und als »lachenden, ausgelassenen, selbstquälerischen Kobold« – erzählt sie, dass sie Cherifa liebe, aber Cherifa sie nicht. Eine verkrüppelte jüdische Autorin, warum sollte sie auch? Das Einzige, worauf die Marokkanerin aus sei, seien ihr Geld und ihr Haus in Tanger. Da sie ihr versprochen hat, dass sie das Haus nach ihrem Tod erben werde, ist Jane davon überzeugt, dass Cherifa sie alle halbe Jahre zu vergiften versucht.

Ob sie tatsächlich vergiftet wurde oder der Alkohol die Ursache ist, lässt sich nicht nachweisen, aber 1957 erleidet sie einen Schlaganfall, nach dem sie halb blind und mit Aphasie in ihrem eigenen Kopf gefangen ist. »Völlige Isolation, völlige Isolation«, ist das Einzige, was sie Paul gegenüber hervorbringt. In ihrem Zimmer entdeckt er magische Päckchen, die Cherifa dort versteckt hat, um tödliche Zauberkräfte auf seine Frau auszuüben. Er bringt die depressive, völlig verängstigte und nun nicht mehr zugängliche Jane zur Untersuchung nach England und lässt sie schließlich in eine psychiatrische Klinik in Northampton verlegen, wo sie mit Elektroschocks behandelt wird. Jane empfindet die Hirnblutung als die lange erwartete Strafe Gottes für ihre Sünden, für die Unentschlossenheit, das dauernde Hinausschieben des Schreibens, das Trinken, die Genusssucht, die Maßlosigkeit. Und für die krampfhaft unterdrückte Wut auf die überbesorgte, aber egozentrische Mutter, die sie Gouvernanten und Dienstmädchen überließ.

Mit der komplexen Hassliebe zwischen Müttern und Töchtern hat sie sich in ihrem Theaterstück auseinandergesetzt, und kraft ihrer Ehe war sie in der Lage, sich der Macht ihrer Mutter weitestmöglich zu entziehen. Jane hat zwar nicht viel über ihre Kindheit erzählt, doch Paul Bowles konnte oft beobachten, wie sie die Briefe von ihrer Mutter zu Boden warf und darauf herumtrampelte, um sie anschließend brav zu beantworten.

Als Jane Bowles den Schlaganfall bekommt, ist sie erst einundvierzig, doch sie sieht ihn als Anfang vom Ende. Das Schreiben kostet sie nun auch physisch die größte Anstrengung, und lesen kann sie kaum noch. Sie kehrt nach Tanger zurück, zu der Frau, die sie ermorden will, trinkt und raucht unmäßig viel und wird mehrere Male mit der Diagnose Schizophrenie in psychiatrische Kliniken aufgenommen. Zuletzt landet sie in einer Klinik in Málaga, wo sie von katholischen Nonnen gepflegt wird, zu deren Glauben sie übertritt. Paul Bowles besucht sie so oft wie möglich. Am 4. Mai 1973 ist er gerade von seinem Besuch bei ihr ins Hotel zurückgekehrt, als ihn die Oberin anruft und ihm mitteilt, dass Jane tot sei.

Patricia Highsmith

1921–1995

Es dürfte nicht viele Menschen geben, die sich mit einem amoralischen Mörder identifizieren, aber Patricia Highsmith weiß sofort, als sie die Figur Tom Ripley geschaffen hat, dass damit ihr Alter Ego kreiert ist. Highsmith hat sich dann bereits mit ihrem Debüt *Strangers on a Train* (1950) einen Namen gemacht, das ein Jahr nach Erscheinen von Alfred Hitchcock verfilmt wurde. Doch erst mit *The Talented Mr. Ripley* (1955), dem ersten von fünf Romanen um diesen Protagonisten, soll sie nicht nur ihr literarisches Pendant finden, sondern auch das Thema, um das es praktisch in ihrem gesamten Werk gehen wird: das Rätsel der Identität.

Der talentierte Mr. Ripley handelt von einem Mord, der begangen wird, um ein Idol, einen homoerotisch begehrten und bewunderten Freund völlig besitzen zu können und dessen Persönlichkeit zu übernehmen. In der Zeit, als Highsmith an diesem Roman arbeitet, unterschreibt sie ihre

Briefe mit: »Pat H., alias Ripley«, so radikal ist die Identifikation mit der Figur, die sie als »Schlappschwanz« beschreibt, als »kriecherische kleine Null aus Boston«, als einen jungen Mann, der sich selbst so sehr verachtet, dass er ausgelöscht sein möchte, indem er ganz in einem anderen aufgeht. Highsmith hat das Gefühl, dass nicht sie, sondern Ripley selbst den Roman schreibt. Als Autorin widerfährt ihr das Gleiche, das sie ihren Protagonisten erleben lässt: Sie schlüpft in die Hülle des schüchternen, kunstsinnigen, anarchistischen, charmanten Psychopathen Ripley und löst sich selbst völlig auf. Einen Menschen zu ermorden ist für sie eine Form von Liebe. In der Liebe möchte man jemanden besitzen, ganz und gar. Yann Andréa, der letzte Mann von Marguerite Duras, schreibt in seinem Buch über ihre besondere, manchmal grausame Liebe: »Ich glaube, ohne Schreiben wären Sie kriminell geworden.« Diese Bemerkung könnte auch auf Highsmith zutreffen. Die Obsession und Aggressivität, mit der sie in ihrem Leben Frauen anbeten, stalken und erobern wird, während sie gleichzeitig massive Aversionen gerade gegen Lesbierinnen wie sie selbst an den Tag legt, das hat schon etwas Mörderisches. In ihren psychologischen Kriminalromanen wählt sie vorrangig die männliche Perspektive, und mit den Frauen geht es nicht gut aus.

Highsmith wird nicht zur Mörderin, sondern entscheidet sich für die Phantasie, für die Literatur, für die Inbesitznahme anderer mittels deren Verwandlung in Romanfiguren, deren Vereinnahmung in der Fiktion. Das Schreiben und die Phantasie treten an die Stelle des aktiven Mords. Und nicht nur das, sie treten auch an die Stelle des Selbstmords. Den schönen langen Selbstmord, als den Oscar Wilde die künstlerische Existenz beschreibt, sieht Highsmith gerade darin, dass die völlige Identifizierung mit der Romanfigur das reale leidende Ich ausblendet. Die erfundenen Gefühle sind echter als die sogenannten wahren Gefühle, und bei jedem Buch macht Highsmith eine weitgehende Entpersonalisierung durch. Daher ist die Fertigstellung eines Romans jedes Mal Auslöser einer schweren Depression. Sobald sie einen Punkt hinter den letzten Satz eines Buches gesetzt hat, kündigt sich das Grauen vor der Rückkehr in das unliebsame, gehasste eigene Selbst an. Oder, wie sie über Tom Ripleys notgedrungene Rückkehr in seine nichtswürdige Identität schreibt: »Er schlüpfte in seine alte Haut so widerwillig zurück, als wäre sie ein abgetragener, ungebügelter, fleckenbespritzter Anzug, der sogar in besserem Zustand nicht gerade viel getaugt hatte.«

Neun Tage bevor Patricia Highsmith als Mary Patricia Plangman in Texas geboren wird, lassen sich ihre Eltern scheiden. 1921 ist das. Patricia soll ihren leiblichen Vater, Sohn deutscher Einwanderer, erst zwölf Jahre später zum ersten Mal treffen. Da ist er als Vater schon enteignet, weil sie den Namen ihres Stiefvaters trägt, obwohl sie diesen Stanley Highsmith hasst, vom allerersten Moment an, da er sich wie ein Einbrecher in ihr Leben drängt und die Beziehung zwischen ihr und ihrer Mutter stört. Fast vier Jahre alt ist sie damals. Sie wird seinen Namen zwanzig Jahre lang als uneheliches Kind tragen. Mit dreiundzwanzig lässt sie sich dann pro forma von ihm adoptieren, um den Namen Highsmith zu legalisieren.

Das Verhältnis zu ihrer Mutter ist zwar nicht besonders liebevoll oder warm, aber sie haben eine enge Beziehung zueinander. Mary Coates Highsmith ist Anhängerin der Christian Science und von einer schroffen Ehrlichkeit. Ohne auch nur eine Sekunde zu überlegen, welche Wirkung das auf ein Kind haben könnte, wird sie Patricia zu verstehen geben, dass sie versucht hat, sie abzutreiben, indem sie während der Schwangerschaft Terpentin trank. Daseinsberechtigung gleich null, es hätte sie eigentlich nicht geben dürfen. »Komisch, dass du so gern Terpentin riechst, Pat«, flachst sie.

In Patricias ersten sechs Jahren wohnen sie bei ihren Großeltern in Fort Worth, die sich hauptsächlich um ihre Erziehung kümmern, da ihre Mutter als Modezeichnerin arbeiten geht. Mary Coates ist eine begabte Graphikerin, und sie träumt von einer erfolgreichen Karriere als freischaffende Künstlerin. Das Zeichentalent vererbt sie an ihre Tochter. Die ist jungenhaft, ängstlich, misstrauisch, verschlossen und weint viel, so als trage sie bereits schwer an der Last des Lebens. Noch vor ihrem sechsten Geburtstag weiß sie, dass sie anders ist als andere, und dieses Bewusstsein führt dazu, dass sie unter Schuldgefühlen und Scham leidet. Von klein auf hat sie einen immer wiederkehrenden Alptraum, in dem sie als Neugeborenes auf einem Tisch liegt. Um sie herum stehen Ärzte und Krankenschwestern, die mit einer Mischung aus Schrecken und Mitleid auf den kleinen Körper starren und mit einem Nicken ihre Einigkeit bekunden, dass mit diesem Kind etwas nicht in Ordnung ist. Pat ist ein Junge in einem Mädchenkörper, sie fühlt sich zu Mädchen hingezogen und unterdrückt die in ihren Augen verbotene Liebe. Auch die Anwandlungen, ihren – eigentlich gar nicht so unsympathischen – Stiefvater auf grausame Weise ermorden zu wollen, darf sie nicht zulassen. Die unterdrückten sexuellen Vorlieben und die hasserfüllten Mordgedanken, gepaart mit dem dauernden Verlassenwerden durch die Mutter und einem Klima des Streits in deren Ehe, sorgen dafür, dass Pat ihre Kindheit als »kleine Hölle« empfindet. Nachdem sie Texas verlassen haben, wohnen sie an verschiedenen Adressen in New York. Als Pat zwölf ist, kehrt Mary mit ihr nach Fort Worth zurück, weil sie sich angeblich von Highsmith scheiden lassen will. Doch nach ein paar Wochen geht sie für immer zu diesem zurück und lässt das Mädchen ein Jahr lang bei den alten Großeltern. Dieser Hochverrat ihrer Mutter ist für Highsmith ein lebenslanges Trauma. Pat verschließt und entfremdet sich, wird unnahbar und zieht sich aus Selbstschutz in die Welt der Phantasie zurück. Um einer ungeliebten Wirklichkeit zu entkommen, liest sie mit der Maßlosigkeit einer Süchtigen. Und sie schreibt.

In New York besucht Pat die High School. Mehrere Lehrer erkennen die literarische Qualität der Aufsätze und Erörterungen, die sie schreibt. Für den introvertierten Teenager ist das Schreiben die einzige Möglichkeit, sich zu äußern. Ausgestattet mit einer düsteren Erfindungsgabe und fasziniert vom Gewissen jener, die die Gesetze des Normalen übertreten, erschafft sie ihre ersten, augenscheinlich durchschnittlichen, aber unter der Oberfläche kranken, abartigen, psychisch gestörten Figuren, die sie mit einer gespaltenen, fehlenden oder verachteten Identität ringen lässt. Doch in den Anfängen ihres Schreibens ist es, als müsse sie sich für die Entblößung einer bis dahin geheim gehaltenen Seele bestrafen. Zwischen ihrem fünfzehnten und ihrem neunzehnten Lebensjahr hungert sie sich aus, ein Drang, den sie erst Ende der sechziger Jahre in einem Zeitungsartikel als Anorexia nervosa benannt sehen wird. Sowie sie sich eine Stimme gibt, wird eine andere Kraft wirksam, die Kraft, sich selbst zu eliminieren. Mit achtzehn schreibt sie in ihr Tagebuch: »Ich muss mich in die Arbeit verlieren, damit kein Platz für jemand/etwas anderes ist.« Auch die Selbstmordgedanken kehren in ihren Aufzeichnungen regelmäßig wieder. In der Hassliebe zu ihrer Mutter fühlt sie sich sowohl launisch geliebt als auch fortwährend gedemütigt und zurückgewiesen. »Bist du eine Lesbe?«, fragt die Mutter die sechzehnjährige Tochter, ohne die Antwort abzuwarten. »Du hörst dich jedenfalls ganz wie eine an.«

Noch mehr solcher abfälligen Bemerkungen bedarf es in einer Jugend wohl kaum, um das ganze weitere Leben unter Schmerz, machtloser Wut und Scham gebückt zu gehen.

Ab dem Moment, da sie am Barnard College studiert, bekommt Pat ihr Leben etwas besser in den Griff. Sie ist achtzehn, ungemein attraktiv und entscheidet sich bewusst für diesen nur für Frauen vorgesehenen Zweig der Columbia University am Broadway, wo sie im Hauptfach Englische Literatur belegt. Die morbiden Phantasien, mit denen sie sich seit der frühen Pubertät getragen hat, finden nun ihren Niederschlag in Kurzgeschichten, die sie für das Universitätsblatt schreibt, aber sie entdeckt auch den Sex als Ventil für Verzweiflung, Unsicherheit und Selbsthass. In Tagebüchern und Notizheften listet sie fein säuberlich den einen oder anderen Mann und die zahllosen Frauen auf, mit denen sie ins Bett geht, eine Promiskuität, die puritanische Schuldgefühle und den Wunsch, bestraft zu werden, nach sich zieht. Wie das Schreiben ist der Sex für sie eine Möglichkeit, sich selbst zu entdecken und besser kennenzulernen, zugleich aber auch, nicht sie selbst zu sein. Beim Liebesspiel ist ihr, als stehe sie neben sich. Mit Liebe hat es wenig zu tun, dafür findet sie die Körperlichkeit oft zu abstoßend. Wenn sie sich verliebt, dann in unerreichbare, vorzugsweise heterosexuelle Frauen, die sie idealisiert und als Idole vergöttert. In ihrem eigenen Leben wie im Leben ihrer Romanfiguren soll die imaginierte Wirklichkeit die echte Wirklichkeit ersetzen. Sie ist davon überzeugt, dass das Jahrhundert, in dem sie lebt, nur fassbar ist, wenn sie die Regeln des Normalen verwirft und sich als Schriftstellerin bewusst für die Randständigkeit entscheidet. Nur der Außenseiter sehe, dass das sogenannte normale, alltägliche Dasein im zwanzigsten Jahrhundert eine Fassade ist und die Wirklichkeit im Grunde durch Abnormalität aufrechterhalten wird. Der Schriftstellerin komme die Aufgabe zu, den Schein und die Illusionen zu durchschauen und die wahre, vor allem irrationale und inkonsistente Natur des Menschen bloßzulegen. »Der archetypische Mensch des zwanzigsten Jahrhunderts, sein wahrer Jedermann, ist der Psychopath«, schreibt die einundzwanzigjährige Highsmith. Die subversive Schöpferin des gewissenlosen Mörders ist bereit.

Neben dem Schreiben und dem Sex komplettiert schon bald ein Dritter im Bunde die Triade der Verschleierungskunst. Ab dem neunzehnten Lebensjahr erachtet Pat den Alkohol als unentbehrlich für das Schriftstellerdasein. Wenn sie trinke, habe sie, wie sie glaubt, leichteren Zugang zur Wahrheit, zu den unbewussten Schichten ihrer Persönlichkeit, wo die primitiven, gewalttätigen Gefühle hausen, die sie schon seit ihrer Kindheit unterdrückt. Doch für die Verschleierungskünstlerin Highsmith dürfte es wohl auch ein Weg aus der belastenden und schmerzlichen Wirklichkeit sein, die *Erlösungssehnsucht,* die wir bei allen Frauen in diesen Essays sehen. Genau wie ihre Romanfiguren sucht Highsmith unablässig nach Mitteln und Wegen, wie sie von einem verhassten Selbst erlöst werden kann. Um sich selbst zu entkommen, gibt sie sich für eine andere aus als die, die sie ist, ruft Leute mit verstellter Stimme an, um sie zu bedrohen, schreibt unter zahllosen Pseudonymen Briefe an renommierte Zeitungen, um ihren ziemlich verderblichen politischen Ideen Luft zu machen. Obsessiv wie in allem, versucht sie der Wirklichkeit Zügel anzulegen, indem sie alles Mögliche in Listen erfasst, täglich mehrere Hefte führt, *Cahiers,* in denen sie unter strikten Rubriken Ideen festhält und Notizen für Romane macht, sowie Tagebücher, in denen sie genauestens Bericht über ihren Alltag führt, die sexuellen Abenteuer, die Reisen, die unzähligen Umzüge.

Das ist Schreiben, um leben zu können.

Zwei Wörter schreibt sie in ihren Heften immer in Großbuchstaben: MUTTER und MARTINI. Die passiv aggressive, introvertierte, sich immer in Geheimnisse und Maskeraden hüllende Highsmith hat eine zunehmend destruktive Beziehung zu ihrer extravertierten und kritischen Mutter, für die

Liebe bedeutet, dass sie ihrer Tochter alles sagen oder schreiben kann, in Briefen, die manchmal bis zu dreißig getippte Seiten umfassen. Sie beschuldigen sich gegenseitig der Vernachlässigung, Demütigung, Vernichtung. Highsmith fühlt sich sowohl wegen ihrer Homosexualität als auch wegen ihrer morbiden Vorstellungskraft abnormal, unecht und leer, wie ein Mensch mit Perversionen, die sie mal als Last, mal als Quelle satanischen Vergnügens erfährt. Aber für jede Form von Genuss muss sie büßen und sich selbst bestrafen. Wiederholt drängt sie ihre unnachgiebige Mutter einzugestehen, dass sie die Ursache für die deviante Persönlichkeit der Tochter sei, hoffend, die delegierte Schuld werde sie von der Sünde befreien. Sie macht eine Psychoanalyse, um sich von ihrer Homosexualität heilen zu lassen, lernt dort von der freudianischen Therapeutin, dass sie in den Beziehungen mit vornehmlich älteren Frauen auslebe, was ihre Mutter ihr gegeben habe: »Das Muster aus Liebe und Verlassen, die zugrunde liegende Herzlosigkeit und den Mangel an Mitgefühl.« Zugleich fühlt sich die Tochter schuldig an der Wut und der Verrücktheit der Mutter. Dass Mary »nicht halb irrsinnig geworden wäre, wenn es mich nicht gegeben hätte«, schreibt sie in ihr Tagebuch. Highsmith ist Opfer und Mörderin in einem. Die Mutter-Tochter-Beziehung ist eine *folie à deux,* eine simultane, beiderseitige Verrücktheit, ein erstickendes Verschlungensein zweier eifersüchtiger, besitzergreifender Personen, wie sie sie von ihrem Debüt an erbarmungslos in ihren Romanen beschreibt. Die ruhelose Highsmith wird sich schließlich dem Würgegriff dieser Symbiose entziehen, indem sie nach Europa emigriert, um dort, genau wie ihr Alter Ego Tom Ripley, von Land zu Land zu ziehen. Sie verlässt das Amerika, das sie immer als ihr »Mutter-Land« bezeichnet, sie will weg von ihrem Ursprung. Kaum abgereist, prüft sie allen Ernstes die Möglichkeit, sich von ihrer Mutter scheiden zu lassen. Radikal.

Patricia Highsmith versucht, ihrem seelischen Leid und ihren Monstern zu entkommen. Die Emigration findet ihr Äquivalent im Ertränken der Wirklichkeit mit Martini, Whisky, Wodka und Wein. In ihren Erinnerungen an Patricia Highsmith schildert Marijane Meaker, eine ihrer zig Geliebten, wie die damals vierzigjährige Autorin ihr um sieben Uhr morgens versehentlich das für sie selbst bestimmte Glas frischgepressten Orangensaft hinstellt – in dem ein großer Schuss Wodka ist. Die Liebesbeziehung zu der Frau, die einmal auf die Frage, wer sie gern sein würde, wenn sie die Wahl hätte, »Patricia Highsmith« geantwortet hat, geht ihrem Ende entgegen. In einem Streit wirft Highsmith Meaker vor, dass es ihr ja gar nicht möglich gewesen sei, an das Idol heranzureichen, zu dem Meaker sie in ihrer Vorstellung gemacht habe. »Bevor du mich überhaupt das erste Mal gesehen hast, hast du dir schon genau vorgestellt, wie ich bin. Und als ich dann ganz anders war, als ich *ich* war und nicht dein Bild von mir, da hieltest du es nicht aus! Was soll ich denn da noch machen?« Patricia Highsmith weiß, wovon sie spricht, denn genau so versagt sie selbst in der Liebe. Eine kluge Freundin Meakers fasst das noch einmal zusammen: »Du hast dir ein Bild von ihr gemacht. Und dann hast du an ihr herumgenörgelt, weil sie nicht die Frau war, die du dir vorgestellt hast.«

Alle Liebesbeziehungen Highsmiths zerbrechen an ihrer Unfähigkeit, intim mit einem anderen Menschen zusammenzuleben. Sie hält das Verliebtsein manchmal nur ein paar Stunden durch, mal auch einen Monat, aber im Höchstfall ein paar Jahre. Jede neue Liebe ist der Beginn einer manischen Phase mit ungehemmter Lust auf Sex und unbändigem Schaffensdrang. Und wenn die Beziehung zu Ende geht und wieder ein neuer Roman fertiggestellt ist, fällt sie in ein schwarzes Loch und wird depressiv. Sie weiß von sich, dass sie sich immer zu Frauen hingezogen fühlt, die schlecht für sie sind, dass sie in der Liebe und in ihrer Arbeit vom Bösen fasziniert ist. Sie weiß, dass sie manisch-depressiv ist, sie weiß nur nicht, was sie dagegen tun kann. Die Zweifelsucht, an der Jane Bowles litt, ist auch Highsmith nicht fremd. »Ich bin sehr unglücklich – aus reiner Unentschlossenheit. Daher trinke ich«, schreibt sie 1953 in ihr Tagebuch. Die Unentschlossenheit bezieht sich auf ihr gesamtes Leben. Sie weiß schlichtweg nicht, wie sie leben soll.

Mit nicht mal fünfzig ist Highsmith schon dermaßen süchtig, dass sie Alkohol und ein Päckchen Gauloises braucht, um durch den Tag zu kommen. Manchmal geht sie um vier Uhr nachmittags mit einer Flasche Gin ins Bett und trinkt später, zu einem mageren Abendessen, noch einmal sieben Martinis und mehrere Gläser Wein. Noch ist sie nicht die rassistische, antisemitische, zugeknöpfte Misanthropin, zu der sie sich entwickeln wird. Und noch hat sie nicht das gezeichnete Gesicht, das ihr droht, »eine Ruine«, wie Marguerite Duras über ihr eigenes vom Alkohol zerstörtes Gesicht schrieb. Dem Anschein nach lebt sie noch ein soziales, wenn auch ziemlich exzentrisches Leben, in dem sie sich immer wieder in Frauen verliebt, die sie herabwürdigen oder bekritteln, in dem sie für Freunde groß kocht, während sie selbst kaum etwas isst, in dem sie mehrmals am Tag ein Bad nimmt, Möbel schreinert, Schnecken züchtet und sich mit Katzen umgibt. Die Trunksucht, die Promiskuität, der Mangel an Selbstbeherrschung und Normalität erfüllen sie mit Ekel und Selbsthass. Das Einzige, was sie aufrechterhält, ist das Schreiben: täglich Tagebuch führen, an einem Roman arbeiten, sich in Figuren vertiefen und mit ihnen identifizieren, die Entfremdung, Außenseiterstellung und verquere Auffassungen von Gut und Böse mit ihr gemein haben.

Highsmith erkennt den Pessimismus anderer Nachkriegsautoren wieder. Der Zweite Weltkrieg habe ein für alle Mal deutlich gemacht, dass es absurd ist, mit einer Belohnung für ein moralisch anständiges und tugendhaftes Leben zu rechnen. Gut und Böse seien zu einem unentwirrbaren Knäuel geraten und hätten sich gegenseitig verunreinigt. »Wer weiß, ob nicht am Ende der Teufel und der liebe Gott Hand in Hand um jedes Elektron herumtanzen«, schreibt Highsmith in *Zwei Fremde im Zug*. Die Natur des Bösen ist, neben dem Gewissen und der Identität, ihr großes Thema. Was ihr Werk so beunruhigend macht, ist, dass die

Sünde so gut wie immer über das Gesetz triumphiert. Indem sie den Leser in die Perspektive des Mörders einschließt, bewerkstelligt sie, dass er sich mit dem Täter identifiziert und es ihm gefällt, dass das Verbrechen nicht bestraft wird. Die Protagonisten täuschen die Ordnungshüter, entkommen dem Gesetz und haben nicht übermäßig schwer an Schuldgefühlen wegen ihrer Verderbtheit zu tragen. In Highsmiths Welt herrscht eine beinahe fröhliche Gleichgültigkeit gegen das Gute. In einem Interview bezeichnet sie die stereotype Moral als »scheinheilig und unecht«. Sie unterschreibt das amoralische Verhalten ihrer Figuren, weil diese Mut und Vorstellungskraft bewiesen und das Leben als Künstler lebten, die ihre eigenen Regeln aufstellten.

Liebe und Glück sind in Highsmiths Welt nur kraft der Imagination möglich, ob es nun eine neue Identität oder eine ideale Geliebte betrifft. Die Imagination ist für einen jeden notwendige Voraussetzung für das Überleben. »Unterschwellig und hinter der Fassade unserer Leben sind wir allesamt Selbstmörder«, schreibt sie 1954 in ihr Tagebuch.

Nachdem sie in England, Italien und Frankreich gelebt hat, lässt sich Highsmith Ende der achtziger Jahre in der Schweiz nieder. Alle Liebesbeziehungen sind gescheitert, ihre Gesundheit beginnt unter dem jahrelangen Kettenrauchen, dem Alkoholismus und den Depressionen zu leiden. Die angestauten Rachegefühle lassen sie allmählich zu einer einsamen, verbitterten Misanthropin werden. Mit ihrer Mutter hat sie endgültig gebrochen, wenn sie auch treu für deren Unterbringung in einem Pflegeheim aufkommt.

Menschen, die Patricia Highsmith in ihren letzten Lebensjahren begegnen, finden sie unausstehlich und unergründlich oder sensibel, verletzbar und kindlich-verlegen. Alle sind sich freilich darüber einig, dass sie eine zwar introvertierte, aber auch einzigartige, idiosynkratische Persönlichkeit ist, die lebt, um zu schreiben, und schreibt, um leben zu können. Sie stirbt in einem Krankenhaus in Locarno, spindeldürr und allein.

Literaturverzeichnis

In die folgende Literaturliste wurden nur die Titel aufgenommen, aus denen in diesem Essayband zitiert wird.

Jane Bowles, *Zwei sehr ernsthafte Damen*. Carl Hanser Verlag, München/Wien 1984. (Originalausgabe: *Two Serious Ladies*. Peter Owen Ltd., London 1943.) Übersetzung von Adelheid Dormagen

Christiane Craig, *Locked in Each Other's Arms: Jane Bowles's Fiction of Psychic Dependency. The Quarterly Conversation*, Nr. 28, Juni 2012

Millicent Dillon, *Lauter kleine Sünden*. Kellner Verlag, Hamburg 1993. (Originalausgabe: *A Little Original Sin. The Life and Work of Jane Bowles*. Doubleday, New York 1981.) Übersetzung von Pociao

Marguerite Duras, *Der Liebhaber*. Suhrkamp Verlag, Frankfurt/M. 1985. (Originalausgabe: *L'Amant*. Les Éditions de Minuit, Paris 1984.) Übersetzung von Ilma Rakusa

Dies., *Écrire*. Gallimard, Paris 1993

Dies., *La douleur*. P.O.L., Paris 1985

Dies., *Das tägliche Leben*. Suhrkamp Verlag, Frankfurt/M. 1988. (Originalausgabe: *La vie matérielle – Marguerite Du-*

ras parle à Jérôme Beaujour. P.O.L., Paris 1987.) Übersetzung von Ilma Rakusa
Dies., *Détruire, dit-elle.* Éditions de Minuit, Paris 1969
Laure Adler, *Marguerite Duras.* Suhrkamp Verlag, Frankfurt/M. 2000. (Originalausgabe: *Marguerite Duras.* Éditions Gallimard, Paris 1998.) Übersetzung von Petra Willim
Yann Andréa, *Diese Liebe.* Suhrkamp Verlag, Frankfurt/M. 2000. (Originalausgabe: *Cet amour-là.* Pauvert, Paris 1999.) Übersetzung von Andrea Spingler
Jann Ruyters, *Duras is van mening dat.* Interview mit Laure Adler, *Trouw,* 17. Juli 1999
Alain Vircondelet, *Marguerite Duras.* Beck & Glückler Verlag, Freiburg 1992. (Originalausgabe: *Duras.* Éditions François Bourin, Paris 1991.) Übersetzung von Michael von Killisch-Horn

Patricia Highsmith, *Zwei Fremde im Zug.* Diogenes Verlag, Zürich 2002. (Originalausgabe: *Strangers on a Train,* Harper & Brothers, New York 1950.) Übersetzung von Melanie Walz
Dies., *Der talentierte Mr. Ripley.* Diogenes Verlag, Zürich 2002. (Originalausgabe: *The Talented Mr. Ripley,* Coward-McCann, New York 1955.) Übersetzung von Melanie Walz
Marijane Meaker, *Meine Jahre mit Pat. Erinnerungen an Patricia Highsmith.* Diogenes Verlag, Zürich 2005. (Originalausgabe: *Highsmith – A Romance of the 1950's.* Cleis Press, San Francisco 2003.) Übersetzung von Manfred Allié
Joan Schenkar, *Die talentierte Miss Highsmith.* Diogenes Verlag, Zürich 2015. (Originalausgabe: *The Talented Miss Highsmith.* St. Martin's Press, New York 2009.) Überset-

zung von Renate Orth-Guttmann, Anna-Nina Kroll und Karin Betz
Andrew Wilson, *Beautiful Shadow. A Life of Patricia Highsmith.* Bloomsbury, London 2003

Marilyn Monroe and Ben Hecht, *My Story.* Taylor Trade, Lanham 2007
Marilyn Monroe, *Fragments.* Eds. Stanley Buchtal and Bernard Comment. Farrar, Straus & Giroux, New York 2010
Christa Maerker, *Marilyn Monroe und Arthur Miller. Eine Nahaufnahme.* Rowohlt Verlag, Reinbek 1997
Norman Mailer, *Marilyn Monroe. Eine Biographie.* Droemersche Verlagsanstalt, München/Zürich 1992. (Originalausgabe: *Marilyn.* Grosset & Dunlap, New York 1973.) Übersetzung von Werner Peterich
Arthur Miller, *Zeitkurven. Ein Leben.* S. Fischer Verlag, Frankfurt/M. 1987. (Originalausgabe: *Timebends,* Grove Press, New York 1987.) Übersetzung von Manfred Ohl und Hans Sartorius
Norman Rosten, *Marilyn. A very personal story.* Millington, London 1967
Donald Spoto, *Marilyn Monroe: The Biography*. Cooper Square Press, New York 2001
Gloria Steinem, *Marilyn.* Victor Gollancz, London 1987

CONNIE PALMEN, geboren 1955, studierte Philosophie und Niederländische Literatur und lebt in Amsterdam. Sie erhielt für ihre Werke zahlreiche Auszeichnungen, z. B. den renommierten AKO-Literaturpreis für den Roman *Die Freundschaft* und 2016 den Libris-Literaturpreis für *Du sagst es*.

Connie Palmen im Diogenes Verlag

Die Gesetze

Roman. Aus dem Niederländischen von Barbara Heller

Die Gesetze ist eine Sammlung unkonventioneller Liebesgeschichten, ein moderner Bildungsroman, eine brillant ausgedachte Geschichte von der Suche nach Selbstfindung und Glück.

»Hochintelligent und kunstfertig! Vor allem aber birgt dieser Erstlingsroman, der in den Niederlanden zum Bestseller wurde, ein durchaus seltenes Gut: poetische Substanz.« *Der Spiegel, Hamburg*

»Ein fulminantes, erstaunliches Romandebüt von philosophischer Tiefe und erquickender Frische.«
Brigitte Ulmer/Annabelle, Zürich

Auch als Diogenes Hörbuch erschienen, gelesen von Christiane Paul

Die Freundschaft

Roman. Deutsch von Hanni Ehlers

Die Freundschaft ist ein Roman über Gegensätze und deren Anziehungskraft: über die uralte und rätselhafte Verbindung von Körper und Geist; über die Angst vor Bindungen und Sehnsucht nach Zugehörigkeit; über Süchte und Obsessionen und die freie Verfügung über sich selbst.
Ein Buch über eine ungewöhnliche Beziehung und über die Selbsterforschung einer jungen Frau, die lernt, ihrem eigenen Kopf zu folgen und sich von falschen Vorstellungen zu befreien. Es erklärt, warum Schuldgefühle dick machen und warum einen die Liebe in den Alkohol treiben kann. Warum man sich vor allem von der Liebe nicht zu viel versprechen darf.

Und dass die Erregung im Kopf – das Denken – nicht weniger spannend ist als die im Körper. Ein aufregend wildes und zugleich zartes Buch voller Selbstironie, das Erkenntnis schenkt und einfach jeden angeht.

»Ein brillanter, schnoddriger, ironischer, philosophischer Roman, getarnt als Entwicklungsroman einer Freundschaft.« *Brigitta Lindenmann / Norddeutscher Rundfunk, Hannover*

I.M.

Ischa Meijer – In Margine, In Memoriam

Deutsch von Hanni Ehlers

Im Februar 1991 macht Ischa Meijer, in den Niederlanden als Talkmaster und Journalist berühmt-berüchtigt, mit dem neuen Shooting-Star der Literaturszene, Connie Palmen, ein Interview. Es ist zugleich der Beginn einer *amour fou*, die ein Leben lang andauern würde, wenn sie die Zeit dafür bekäme: Im Februar 1995 stirbt Meijer überraschend an einem Herzinfarkt. *I.M.* ist Connie Palmens bewegende Auseinandersetzung mit einer großen Liebe und einem Tod, der sie selbst fast vernichtet hat.

»Der ungeheuer intime Bericht einer glühenden Amour fou gehört zum Schönsten und Ergreifendsten, was je im Namen der Liebe zu Papier gebracht wurde.« *Beate Berger / Marie Claire, München*

»Connie Palmens literarische Auseinandersetzung mit den großen Themen Liebe und Tod ist ein Bericht, wie er persönlicher, wahrhaftiger und bewegender nicht sein könnte.« *Annabelle, Zürich*

Die Erbschaft

Roman. Deutsch von Hanni Ehlers

Als die Schriftstellerin Lotte Inden erfährt, dass sie unheilbar krank ist, stellt sie einen jungen Mann ein, der sich nicht nur um ihren zunehmend geschwächten Körper, sondern auch um ihre geistige Hinterlassenschaft kümmern soll. Max Petzler wird zum ersten Leser und Archivar ihrer lebenslangen Aufzeichnungen und Gedanken, die Bausteine für ihren letzten großen Roman. Da Lotte weiß, dass sie dieses Werk nicht mehr vollenden wird, bereitet sie Max darauf vor, dass seine Hände die ihren ersetzen können, ja, dass er ihren Roman zu Ende führen kann. Je mehr sich Max auf diese ›Erbschaft‹ einlässt, desto mehr beginnt ihn die ungewöhnliche Frau zu faszinieren.

»Ein Roman über die Kunst des Lesens, die ohne Bücher wie dieses nicht zur Vollendung gebracht werden könnte.« *Karin Weber-Duve / Brigitte, Hamburg*

Ganz der Ihre

Roman. Deutsch von Hanni Ehlers

›Ganz der Ihre‹ – und doch keiner gehörend. Fünf Frauen, die in Mons Leben eine Rolle spielten, erzählen von ihren Erfahrungen mit diesem notorischen Don Juan, tragisch Verstoßenen und begnadeten Verfasser süchtig machender Kolumnen. Ihre Berichte ergänzen sich zu einer fiktiven Romanbiographie, die nicht nur ein Individuum im Blick hat, sondern eine Gesellschaft.

»Der Roman ist eine Liebeserklärung von fünf Frauen, in deren Leben ein Mann Narben, aber auch wunderschöne Erinnerungen hinterließ.«
Verena Schürholz / Rheinische Post, Düsseldorf

Idole und ihre Mörder

Deutsch von Hanni Ehlers

Was haben die Morde an John F. Kennedy, John Lennon, Pim Fortuyn und Gianni Versace miteinander gemein? Es sind ›moderne Morde‹, denn in ihnen spiegelt sich die Pathologie unserer heutigen Erlebenskultur, das Verschwimmen der Grenzen von Wirklichkeit und Fiktion.

»Man könnte sagen, dass der Mörder und der Schriftsteller an den beiden entgegengesetzten Enden der Fiktion stehen: Der eine lebt in der Gefangenschaft der Einbildung, und der andere kreiert aus freiem Willen eine neue Welt der Einbildung für ein Publikum.«
Connie Palmen

Luzifer

Roman. Deutsch von Hanni Ehlers

Im Sommer 1981 stürzt die Frau des niederländischen Komponisten Lucas Loos auf einer griechischen Insel in einen vierzig Meter tiefen Abgrund. Die turbulente Beziehung zwischen dem homosexuellen Loos und der sprühenden Clara Wevers ist Auslöser für eine Flut von Gerüchten um diesen unglücklichen Sturz. Fünfundzwanzig Jahre nach dem Tod Claras wird die Autorin mit der Geschichte erneut konfrontiert und beschließt, einen Roman darüber zu schreiben. Entsprang der rätselhafte Tod Claras einer ›höheren‹ Ordnung, oder handelte es sich wirklich ›nur‹ um einen schrecklichen Unfall?

»Keine leichte Kost, aber eine, die den Intellekt füttert. Provozierend, erfrischend, an- und manchmal aufregend. Lesegenuss und Denk-Erlebnis.«
Katja Uhlemann / Freie Presse, Chemnitz

Logbuch eines unbarmherzigen Jahres

Deutsch von Hanni Ehlers

Die Schriftstellerin Connie Palmen und den Staatsmann Hans van Mierlo verband eine späte symbiotische Liebe. In diesem Buch beschreibt sie, mit vielen Rückblenden in die Zeit ihres Zusammenseins, seine Erkrankung, seinen Tod und ihren Umgang mit

Trauer und Verzweiflung. Bewegende Notizen gegen das Vergessen.

»Es ist selten, dass jemand mit so viel Ernsthaftigkeit und Witz, Offenheit und Intimität, Einfachheit und Intelligenz zu erzählen versteht.«
Martin Adel / Der Standard, Wien

»Ein seltsam befreiendes Buch.«
Anja Hirsch / Frankfurter Allgemeine Zeitung

Du sagst es

Roman. Deutsch von Hanni Ehlers

Sylvia Plath und Ted Hughes sind das berühmteste Liebespaar der modernen Literatur – und das tragischste: Denn nach Sylvias Suizid im Jahr 1963 galt sie als Märtyrerin, hingegen ihr Mann als Verräter – eine Schuldzuweisung, zu der er sich zeitlebens nie äußerte. In dieser fiktiven Autobiographie bricht er sein Schweigen. Palmen lässt ihn auf seine leidenschaftliche Ehe zurückblicken und eine Liebe neu beschreiben.

»In einer Liebe kann man nie nur einem die Schuld geben, schon gar nicht an einem Selbstmord.«
Connie Palmen

»Ein großartiger Roman. Palmen schafft es, keinen der beiden zu verurteilen, stattdessen folgt man atemlos dem Lauf dieser Tragödie griechischen Ausmaßes.«
Meike Schnitzler / Brigitte, Hamburg

Die Sünde der Frau

Über Marilyn Monroe, Marguerite Duras,
Jane Bowles und Patricia Highsmith

Deutsch von Hanni Ehlers

Vier berühmte Frauen, vier Tragödien – ein Muster: Am Anfang steht die Originalität, es folgt der Ruhm und dann die Selbstzerstörung. Jede dieser Frauen steht für ein einzigartiges Leben und Werk, und doch scheint es Übereinstimmungen zu geben. Ist es Zufall, dass sie alle früh den Vater verloren und eine komplizierte Beziehung zu ihrer Mutter hatten? Dass sie für die Öffentlichkeit einen anderen Namen angenommen haben? Was sagt dies über das Innenleben der vier Frauen aus? Der Preis für Selbstbestimmung und Unsterblichkeit ist hoch, und die Auflehnung gegen ein »normales Frauenleben« macht sie wie Eva, die erste Frau im Sündenfall, schuldig und verletzlich, zumindest in der eigenen Vorstellung.

Leon de Winter im Diogenes Verlag

Hoffmans Hunger

Roman. Aus dem Niederländischen von Sibylle Mulot

In einer spannenden Spionage-Geschichte kreuzen sich die Schicksale dreier Männer: Felix Hoffman, niederländischer Botschafter in Prag, der seinen leiblichen und metaphysischen Hunger mit Essen und Spinoza stillt, Freddy Mancini, Zeuge einer Entführung in Prag, John Marks, amerikanischer Ostblockspezialist. Zugleich die Geschichte von Europa 1989, das sich eint und berauscht im Konsum. Ein Rausch, der nur in einem Kater enden kann.

»Leon de Winter erzählt Hoffmans Geschichte meisterlich schlicht in der dritten Person, dialogreich, eben noch geruhsam, dann mit schnellen Schritten und Schnitten. Er erzählt diskret und intim zugleich. Und auch ungeheuer komisch.«
Volker Hage / Der Spiegel, Hamburg

»*Hoffmans Hunger* ist unvergesslich.«
Süddeutsche Zeitung, München

SuperTex

Roman. Deutsch von Sibylle Mulot

»Was macht ein Jude am Schabbesmorgen in einem Porsche!« – bekommt Max Breslauer zu hören, als er durch die Amsterdamer Innenstadt gerast ist und einen chassidischen Jungen angefahren hat. Eine Frage, die andere Fragen auslöst: »Was bin ich eigentlich? Ein Jude? Ein Goj? Worum dreht sich mein Leben?« Max, Erbe eines Textilimperiums namens SuperTex, landet auf der Couch einer Analytikerin, der er sein Leben erzählt...

»In direkter Nachbarschaft von Italo Svevos *Zeno Cosini*, erzählt mit großem dramaturgischem Geschick, raffiniert eingesetzten Blenden und effektvoll inszenierten Episoden. Das ist große europäische Literatur.« *Martin Lüdke / Die Zeit, Hamburg*

»*SuperTex* ist mit Tempo und Intelligenz erzählt, ein Unterhaltungsroman bester Güte, wie man selten einen in die Hand bekommt – von der ersten bis zur letzten Seite mit Spannung und Genuss zu lesen.«
Elke Heidenreich / Radio Bremen

Serenade

Roman. Deutsch von Hanni Ehlers

Serenade ist die Geschichte eines Sohnes, der seine Mutter neu für sich entdeckt. Und ein aufrüttelndes Buch über die Ohnmacht von uns allen, die wir die Nachrichten verfolgen, die wir über das Schreckliche in der Welt informiert werden, doch nicht imstande sind, etwas dagegen zu tun.

»*Serenade* ist ein Abschiedsgesang, die Liebeserklärung eines Sohnes an die Mutter und ein Buch über ein finsteres zwanzigstes Jahrhundert. Leon de Winter nimmt den weiten Bogen mit großer erzählerischer Leichtigkeit. Als handelte der Roman nicht von der kompliziertesten aller Beziehungen.«
Nina Toepfer / Die Weltwoche, Zürich

»Eine aufregende Geschichte, mit trockenem Witz und Spaß an filmreifen Pointen.« *Der Spiegel, Hamburg*

Zionoco

Roman. Deutsch von Hanni Ehlers

In *Zionoco* beschreibt Leon de Winter mitreißend und ergreifend die tragikomische Suche nach dem unerreichbaren Vater. Rabbi Sol Mayer verkauft in New

York absolute Wahrheiten und zweifelt dennoch: an Gott, an seiner Ehe und am selbst erlebten Wunder, das den Lebemann und Taugenichts bewogen hatte, Rabbi zu werden wie sein Vater. Als er sich in eine junge Sängerin verliebt, bringt das nicht nur seine Hormone durcheinander.

»Leon de Winter katapultiert seine Leser furios in die New Yorker Schickeria, in der Sol Mayer zwischen den Regeln des Talmud und seinen sexuellen Obsessionen hin und her schwankt. Ein hinreißend komisches und zugleich anrührendes Buch.«
Martina Gollhardt / Welt am Sonntag, Hamburg

»Das Tempo des Buches reißt von der ersten Seite an mit.« *Nina Toepfer / Die Weltwoche, Zürich*

Der Himmel von Hollywood

Roman. Deutsch von Hanni Ehlers

Der einst vielversprechende Schauspieler Tom Green kehrt nach einem Knastaufenthalt nach Hollywood zurück mit zweihundert Dollar in der Tasche und kaum einer Perspektive. Zufällig trifft er auf zwei Schauspielerkollegen, die wie er schon bessere Tage gesehen haben. Auf einer nächtlichen Sauftour finden die drei sympathischen Loser einen Toten – und planen den Coup ihres Lebens.

»Raffiniert, unterhaltsam, komödiantisch – immer wieder zum Erstaunen und zur Verzückung des Lesers.« *Volker Hage / Der Spiegel, Hamburg*

Sokolows Universum

Roman. Deutsch von Sibylle Mulot

Ein Straßenkehrer in Tel Aviv wird Zeuge eines Mordes. Der Mann zweifelt an seinem Verstand, denn er glaubt, in dem Mörder einen alten Freund erkannt zu haben. Und dies würde in der Tat alle Regeln der

Wahrscheinlichkeit außer Kraft setzen. Denn Sascha Sokolow ist kein gewöhnlicher Straßenkehrer. Noch vor kurzem war der emigrierte Russe einer der angesehensten Raumfahrtforscher seines Landes.

»Leon de Winter erzählt eine Geschichte voller Geschichten: Es geht um das sowjetische Raumfahrtprogramm, das Ende der glorreichen Sowjetunion, das schwierige Leben in Israel, organisierte Kriminalität, um die Bemühungen russischer Juden, ›richtige‹ Juden zu werden. Und natürlich um die Liebe, die Wunden heilt und Wunder möglich macht.«
Henryk M. Broder / Der Spiegel, Hamburg

Leo Kaplan

Roman. Deutsch von Hanni Ehlers

Der Schriftsteller Leo Kaplan, fast vierzig, fast Millionär, ist ein Virtuose des Ehebruchs. Bis es seiner Ehefrau Hannah zu bunt wird. Kaplan muss erkennen, dass er durch seine Liebeseskapaden nicht nur seine Ehe, sondern auch seine Kreativität verspielt hat. Erst als er überraschend seine große Jugendliebe wiedertrifft, beginnt er zu verstehen, wie er zu dem wurde, der er heute ist. Ein bewegender Roman über die Sehnsucht und die Suche nach den eigenen Wurzeln.

»Dem Leser schlägt in *Leo Kaplan* eine ungezügelte Phantasie und erzählerische Vitalität entgegen, die so unterhaltsam wie verblüffend ist.«
Volker Isfort / Abendzeitung, München

Malibu

Roman. Deutsch von Hanni Ehlers

Kurz bevor sie ihren 17. Geburtstag feiern kann, kommt Mirjam bei einem Verkehrsunfall ums Leben. Ihrem Vater, Joop Koopman, ist es nicht vergönnt, sich seiner Trauer hinzugeben. Sein Freund Philip ver-

Neue Diogenes Bücher

Frühjahr 2018

Anthony McCarten

Ein gefährliches Spiel mit Biographien
und damit, wer das letzte Wort hat.

256 Seiten, Leinen
ca. € (D) 22.–/sFr 30.–*/€ (A) 22.70
März

Er ist nur noch ein Abglanz seiner selbst und säuft sich in Florida zu Tode: Jack Kerouac, Idol der Beatniks, der einst das Leben seines Freundes Neal Cassady ausschlachtete, um es zum Kultroman der 1950er Jahre zu verdichten. Da steht aus heiterem Himmel eine Literaturstudentin vor seiner Tür. Ihr Traum: als seine erste Biographin sein Leben aufzuschreiben. Jack weigert sich und lässt sich doch von Jans Bewunderung zu einem Blick zurück verführen. Ein Trip, aus dem keiner der Beteiligten heil herauskommt.

detebe 24420, 432 Seiten
€ (D) 13.–/sFr 17.–*/€ (A) 13.40

Eva Thorvalds Kochkunst ist legendär: Für einen Platz bei einem ihrer Pop-up-Dinner zahlt man vierstellige Beträge und wartet mehrere Jahre. Für Cynthia Hargreaves jedoch geht es dabei um mehr…

Annalena McAfee

»Hier, zwischen Meer und Himmel, in dieser
grenzenlosen azurblauen Sphäre, kann der Mensch
vielleicht wieder eins werden mit der Natur.«

ca. 976 Seiten, Leinen
ca. € (D) 32.–/sFr 42.–*/€ (A) 32.90
Juni

Nach dem Aus ihrer Ehe in New York zieht Mhairi McPhail mit ihrer Tochter nach Fascaray. Auf der abgelegenen schottischen Insel, von der ihre Familie stammt, erwartet sie ein neues Leben – und ein Forschungsauftrag über den exzentrischen Grigor McWatt, der zu einer Art Nationaldichter geworden ist. Eine Identitäts- und Spurensuche vor grandioser Landschaft, in der Mhairi über McWatt – und sich selbst – Überraschendes erfährt.

detebe 24415, 288 Seiten
€ (D) 12.–/sFr 16.–*/€ (A) 12.40

Über List und Leidenschaft, Verrat und Mord. Eine klassische Konstellation: der Vater, die Mutter und der Liebhaber. Und ein sehr ungewöhnlicher Erzähler.

Auch als eBook · Auch als Hörbuch · Auch als Hörbuch-Download

Bernhard Schlink

»Mein Lieber, letztes Jahr wolltest Du vor Weihnachten zurück sein, dieses Jahr wollten es die Soldaten. Auf Euch Männer ist kein Verlass.«

320 Seiten, Leinen
€ (D) 24.–/sFr 32.–*/€ (A) 24.70

Die Geschichte der Liebe zwischen einer Frau, die gegen die Vorurteile ihrer Zeit kämpft, und einem Mann, der sich mit afrikanischen und arktischen Eskapaden an die Träume seiner Zeit von Größe und Macht verliert. Erst im Scheitern wird er mit der Realität konfrontiert – wie viele seines Volks und seiner Zeit. Die Frau bleibt ihm ihr Leben lang verbunden, in Gedanken, Briefen und einem großen Aufbegehren.

detebe 24432, 272 Seiten
ca. € (D) 12.–/sFr 16.–*/€ (A) 12.40
April

Sue Hubbell zeigt uns mit feinem Humor und naturwissenschaftlicher Kenntnis, wie viel wir von Bienen und Fledermäusen, von Insekten und Pflanzen lernen können. Das schönste Buch zum ›Slow Life‹.

detebe 24425, 320 Seiten
€ (D) 10.–/sFr 13.–*/€ (A) 10.30

Geschichten über die Menschen, die uns nicht immer nah, aber doch am nächsten sind, die uns so gut kennen, dass sie uns deshalb auch mal zur Weißglut treiben. Die beste Medizin gegen Liebeskummer. Und der verlässlichste Kompass bei großen Entscheidungen.

Connie Palmen

Vier berühmte Frauen, vier Tragödien

ca. 96 Seiten, Leinen
ca. € (D) 20.–/sFr 27.–*/€ (A) 20.60
April

»Good girls go to heaven, and bad girls go everywhere, wusste schon Mae West. Marilyn Monroe, Marguerite Duras, Patricia Highsmith und Jane Bowles verstoßen jede auf ihre Weise gegen Gebote. Sie durchbrechen die Schranken des Anstands, ihres Geschlechts, der herrschenden Moral. Sie tun das, um frei, souverän und autonom zu sein, nach Maßgabe eigener Regeln leben zu können.« Doch diese Entscheidung hat einen hohen Preis.

detebe 24417, 288 Seiten
ca. € (D) 12.–/sFr 16.–*/€ (A) 12.40
März

Sylvia Plath und Ted Hughes: das berühmteste Liebespaar der modernen Literatur. In dieser fiktiven Autobiographie bricht Hughes sein Schweigen. Palmen lässt ihn seine Liebe und Ehe neu beschreiben.

Nakamura Fuminori

Was, wenn du deinen Vater töten willst – und er dich genau dazu erzogen hat?

ca. 304 Seiten, Leinen
ca. € (D) 24.–/sFr 32.–*/€ (A) 24.70
März

Die mächtige japanische Kuki-Familie folgt einer menschenverachtenden Tradition: Der jeweils jüngste Sohn wird dazu erzogen, das Böse über die Menschheit zu bringen. Und so erhält Fumihiro eine Ausbildung, deren Ziel Zerstörung und Unglück ist, so viel ein einzelner Mensch nur vermag. Doch er hat andere Pläne: Fumihiro liebt das Waisenmädchen Kaori und will sie beschützen – und damit wird sein eigener Vater zu seinem schlimmsten Feind.

Paperback 30056, ca. 272 Seiten
ca. € (D) 18.–/sFr 24.–*/€ (A) 18.50
Juni

Fünf intensive Erzählungen, die gleichzeitig von schwebender Leichtigkeit sind und am Ende immer harmonisch aufgelöst werden, denn sie zeigen: Gerade in der tiefsten Sackgasse lässt sich das Glück erfahren.

Anne Reinecke

Das Debüt einer Ausnahmeautorin.
Frech und einfühlsam, fordernd und klug.

368 Seiten, Leinen
ca. € (D) 22.–/sFr 30.–*/€ (A) 22.70
März

Karl ist noch nicht einmal 30 und hat sich schon als Künstler in Berlin einen Namen gemacht. Er ist der Sohn von August und Ada Stiegenhauer, dem Glamourpaar der deutschen Kunstszene. Doch in der symbiotischen Beziehung seiner Eltern war kein Platz für ein Kind. Nun ist der Vater tot, die Mutter schwer erkrankt. Karls Kosmos beginnt zu schwanken und steht plötzlich still. Die einzige Konstante ist ausgerechnet das kleine Mädchen Tanja, das ihn mit kindlicher Unbekümmertheit zurück ins Leben lockt. Und es beginnt ein Roman, wild wie ein Gewitter, zart wie ein Hauch.

304 Seiten, Leinen
€ (D) 24.–/sFr 32.–*/€ (A) 24.70

Vier uralte Freunde, die sich eigentlich einen geruhsamen Lebensabend gönnen könnten. Doch denn klingelt bei ihnen reihum das Telefon und eine mysteriöse Stimme sagt: »Bedenke, dass du sterben musst!«

ca. 112 Seiten, Leinen
ca. € (D) 22.–/sFr 30.–*/€ (A) 22.70
März

Zehn abgründige, melancholisch schöne Novellen über das, was einmal war und noch immer lebendig ist, über ein berühmtes Bild aus der Alten Nationalgalerie, über philosophischen Trost. Und vor allem darüber: Was hat Bestand?

Donna Leon

»Das ist doch normal, dass die Täter davonkommen, oder nicht?«

ca. 320 Seiten, Leinen
ca. € (D) 24.–/sFr 32.–*/€ (A) 24.70
Juni

Als eine Bekannte von Paola in der Questura vorspricht, glaubt Brunetti zunächst, sie mache sich unnötig Sorgen um ihre Familie. Da wird ihr Mann im Koma ins Krankenhaus eingeliefert. Ein Überfall und Verbindungen ins Drogenmilieu liegen nah. Konkrete Anhaltspunkte fehlen. Und doch stößt der Commissario allerorten auf Betrügereien, ja sogar auf ein Leck in der Questura. Fakten bekommt er keine zu fassen, geschweige denn einen Täter. Aber sein Gerechtigkeitssinn lässt ihm keine Ruhe.

detebe 24060, 384 Seiten
€ (D) 13.–/sFr 17.–*/€ (A) 13.40

Sex, Lügen, Karriere und die Angst vor dem Skandal: *Das Geburtstagsgeschenk* ist eine bitterböse Satire über einen britischen Politiker, der die Verlogenheit einer ganzen Ära verkörpert.

Martin Walker

Zehn Jahre und zehn Fälle für Bruno, *Chef de police*

ca. 432 Seiten, Leinen
ca. € (D) 24.–/sFr 32.–*/€ (A) 24.70
Mai

Martin Walkers Romane spielen im geschichtsträchtigen Périgord mit seinen herrlichen Landschaften und trutzigen Burgen. Von einer dieser Burgen, Commarque, brachen im Mittelalter die Tempelritter zu Kreuzzügen nach Jerusalem auf. Tausend Jahre später nimmt das einstige Morgenland eine späte Revanche in der Person einer jungen Archäologin, die wild entschlossen scheint, bei den damaligen Eroberern einen sagenumwobenen geraubten Schatz sowie ein politisch höchst explosives altes Dokument zutage zu fördern.

detebe 24435, 384 Seiten
ca. € (D) 13.–/sFr 17.–*/€ (A) 13.40
Mai

Es ist Hochsommer im Périgord. Eine Oldtimer-Rallye bringt auch zwei besessene junge Sammler nach Saint-Denis. Sie sind auf der Jagd nach dem begehrtesten und wertvollsten Auto aller Zeiten.

Katrine Engberg

Sommer in Kopenhagen –
auf den belebten
Straßen sucht jemand
nach seinem Opfer.

512 Seiten, Leinen
ca. € (D) 22.–/sFr 30.–*/€ (A) 22.70
April

Gerade erst war Julie nach Kopenhagen gezogen, um Literatur zu studieren. Warum musste sie so jung sterben? Erstochen und von Schnitten gezeichnet? Es ist ein schockierender Fall, in dem Jeppe Kørner und Anette Werner ermitteln. Als bei Julies Vermieterin ein Manuskript auftaucht, in dem ein ähnlicher Mord geschildert wird, glauben die beiden, der Aufklärung nahe zu sein. Aber der Täter spielt weiter.

detebe 24419, 400 Seiten
€ (D) 12.–/sFr 16.–*/€ (A) 12.40

Jemand begehrt eine Frau,
die nicht die seine ist.
Jemand anders trinkt öfters
einen über den Durst.
Jemand dreht durch.
Jemand stirbt.
Alle lügen: Willkommen
in der Savage Lane.

detebe 24438, ca. 256 Seiten
ca. € (D) 10.–/sFr 13.–*/€ (A) 10.30
Mai

Dieser Band versammelt Geschichten irischer Klassiker wie John Banville, Bernard MacLaverty, Sean O'Faolain, Liam O'Flaherty, aber auch der jüngeren irischen Autorengeneration wie Donal Ryan, Cecelia Ahern, Liz Nugent, Frank McCourt und Sebastian Barry.

Donal Ryan

»Martin Toppy ist der Vater meines ungeborenen Kindes. Er ist 17, ich bin 33.«

ca. 272 Seiten, Leinen
ca. € (D) 22.–/sFr 30.–*/€ (A) 22.70
April

Als Melodys Mann sich nach zwei Fehlgeburten heimlich sterilisieren lässt, beantwortet sie diesen Vertrauensbruch mit einer Affäre und wird schwanger – von einem ihrer Schüler. Das hat Konsequenzen im erzkatholischen Irland. Melody schwankt zwischen dem stillen Glück, das das werdende Leben in ihr auslöst, und der Schuld, die sie mit seiner Entstehung auf sich geladen hat. Doch die Entscheidung, die sie letztlich trifft, ist so unkonventionell wie mutig.

Paperback 30053, 256 Seiten
ca. € (D) 16.–/sFr 21.–*/€ (A) 16.50
Mai

Fritz Mertens hat zwei Menschen ermordet. Um die Frage nach dem Strafmaß zu beantworten, soll er seinen Lebenslauf niederschreiben. Sein Bericht ist das bewegende Dokument eines kollektiven Versagens.

Ramón José Sender

Niemand wusste, wann sie kamen und die Leute umbrachten. Es geschah nachts, und am Tag wirkte das Dorf friedlich.

ca. 128 Seiten, Leinen
ca. € (D) 20.–/sFr 27.–*/€ (A) 20.60
Juni

In einem kleinen aragonesischen Dorf will der Priester Mosén Millán die Totenmesse für Paco el del Molino halten. Während er auf die Gemeinde wartet, zieht das Leben des jungen Mannes an ihm vorbei. Weltgeschichtliche Umwälzungen bahnten sich an, als die Schergen des Todes Paco im Vorjahr holten. Auch sich selbst kann der Priester nicht freisprechen von einer Mitschuld. Ein moderner Klassiker über Gewissenskonflikte, Mut und Macht.

detebe 24431, ca. 416 Seiten
ca. € (D) 12.–/sFr 16.–*/€ (A) 12.40
April

»Man kann alles, wenn man will!«, sagt der alte Mann zu seinem Enkel und schwingt sich in den Kopfstand. Die wahre Willenskraft seines Großvaters begreift Stefan Hertmans jedoch erst, als er nach dessen Tod seine Notizbücher liest.

Kent Haruf

Familie kann auch etwas sein,
was man erst finden muss.

384 Seiten, Leinen
€ (D) 24.–/sFr 32.–*/€ (A) 24.70

Victoria, siebzehn und schwanger, wird von ihrer Mutter vor die Tür gesetzt. Da überredet ihre Lehrerin Maggie die Brüder McPheron, zwei alte Viehzüchter, das Mädchen bei sich aufzunehmen. Ein erst widerwilliger Akt der Güte, der das Leben von sieben Menschen in der Kleinstadt Holt in Colorado umkrempelt und verwandelt.

detebe 24439, ca. 256 Seiten
ca. € (D) 10.–/sFr 13.–*/€ (A) 10.30
April

Wiener Liebesgeschichten von Daniel Glattauer, John Irving, Chris Kraus, Arno Geiger, Joseph Roth, Arthur Schnitzler, Lea Singer und vielen mehr.

detebe 24440, ca. 256 Seiten
ca. € (D) 10.–/sFr 13.–*/€ (A) 10.30
April

Mütter: Man liebt sie, man braucht sie, man könnte sie auf den Mond schießen. Und manchmal möchte man ihnen danken, z. B. mit guten Geschichten von Donna Leon, Alice Munro, Ian McEwan, Bernhard Schlink, Doris Dörrie, Leon de Winter, Elke Heidenreich u. v. m.

ca. 384 Seiten, Leinen
ca. € (D) 26.–/sFr 35.–*/€ (A) 26.80
April

Urs Widmers Erfolgsromane, erstmals in einem Band: Die gleiche Familiengeschichte, aus zwei verschiedenen Perspektiven erzählt, mit einem Nachwort von Roman Bucheli.

ca. 368 Seiten, Leinen
ca. € (D) 24.–/sFr 32.–*/€ (A) 24.70
März

Die Geschichte von Lydia Welti-Escher und Karl Stauffer-Bern. Die Millionenerbin und das Malergenie: eine skandalöse Liebe in der Belle Epoque.

ca. 304 Seiten, Leinen
ca. € (D) 22.–/sFr 30.–*/€ (A) 22.70
März

Hansjörg Schneider zeichnet nach, wie er wurde, wer er ist. Er erzählt vom Aargau, der Landschaft, die ihn geprägt hat. Ein großer Schriftsteller blickt zurück – in Liebe, Trauer, Zorn und Zärtlichkeit.

diogenes deluxe 26144, ca. 320 Seiten
ca. € (D) 12.–/sFr 16.–*/€ (A) 12.40
April

Die wahre, aberwitzige und traurige Geschichte von Meir Shalevs Großmutter und ihrem amerikanischen Staubsauger, aufgezeichnet mit Zärtlichkeit und Humor von ihrem schelmischen, liebenden, staunenden Enkel.

diogenes deluxe 26138, 256 Seiten
€ (D) 12.–/sFr 16.–*/€ (A) 12.40

Kann man ein gutes Leben führen? Auch im Alltag zu Glück und Gelassenheit finden? Der Dalai Lama vermittelt uns die Summe seiner Gedanken – Gedanken, die jeden von uns auf seinem Weg begleiten können, egal, woher wir kommen und was wir glauben.

detebe 24426, 208 Seiten
€ (D) 10.–/sFr 13.–*/€ (A) 10.30

20 Geschichten zum Tatort Buchhandlung, erzählt von Autoren wie Ingrid Noll, George Orwell, Petra Hartlieb, Patricia Highsmith und vielen anderen. Und als Bonus: Zehn Tipps zum Anbandeln in Buchhandlungen.

2688 Seiten, Leinen
€ (D) 55.–/sFr 68.–*/€ (A) 56.60
Mai

In den entlegensten Ecken der Erde spielen Maughams Geschichten: auf einer Teeplantage in Ostasien, im Casino in Monaco, im Armenviertel in London oder auf einem Kreuzfahrtschiff in der Karibik. Doch ob in Europa oder in den britischen Kolonien, Maugham schrieb über die großen Themen der Menschheit – Liebe, Eifersucht und Tod, das Aufbegehren gegen das Schicksal und die Verzweiflung über die eigene Unzulänglichkeit.

ca. 352 Seiten, Leinen
ca. € (D) 24.–/sFr 32.–*/€ (A) 24.70
Mai

Die Krönung von Haile Selassie zog 1930 ein schillerndes Publikum nach Addis Abeba. Mitten unter ihnen: *Times*-Sonderkorrespondent Evelyn Waugh. Es ist ein Anlass wie geschaffen für die satirische Feder des Engländers.

detebe 24421, 160 Seiten
€ (D) 10.–/sFr 13.–*/€ (A) 10.30

Noch wartet der junge Dichter Dennis Barlow auf seinen großen Durchbruch. Doch wahrhaft absurde Abenteuer erlebt er schon vorher, als er sich in Hollywood in die Leichenkosmetikerin Aimée verliebt. Eine Abrechnung mit allem, was verlogenen Seelen heilig ist.

detebe 24436, 480 Seiten
ca. € (D) 14.–/sFr 19.–*/€ (A) 14.40
Juni

Wer Evelyn Waugh ins wirkliche Leben folgt, findet entlarvende Überzeichnung, unwiderstehliche Ironie, hinreißende Stimmenimitationen, schwarzen Humor und zuweilen überraschende Zärtlichkeit. Seine besten Erzählungen, z. T. in neuen Übersetzungen.

detebe 24383, 288 Seiten
€ (D) 12.–/sFr 16.–*/€ (A) 12.40

Eine Verspottung der Spaßgesellschaft der zwanziger Jahre – heute genauso amüsant wie damals. Ein Roman über die Londoner Society, die im eleganten Mayfair der zwanziger Jahre ein äußerst sorgloses Leben über einem Abgrund von Heuchelei und Verzweiflung führt.

ca. 400 Seiten, Leinen
ca. € (D) 80.–/sFr 100.–*/€ (A) 82.30
Mai

Als Tomi Ungerer Mitte der 1950er nach New York ging, öffnete sich ihm eine verrückte, neue Welt, die der begnadete Künstler in die vielleicht bemerkenswertesten Arbeiten seiner frühen Karriere verwandelte.

ca. 400 Seiten, Leinen
ca. € (D) 500.–/sFr 500.–*/€ (A) 500.–
Mai

Limited Edition

Nummerierte und signierte Vorzugsausgabe mit exklusivem Siebdruck ›American Football, 2017‹
300 Exemplare

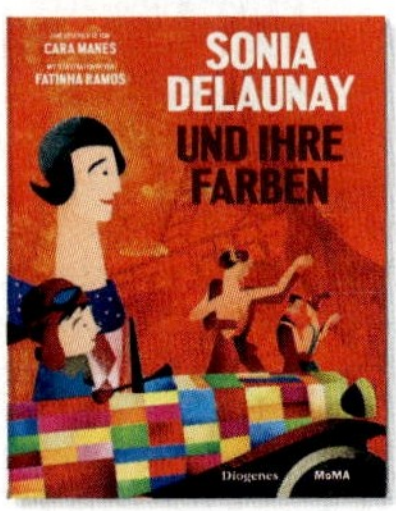

ca. 40 Seiten, Pappband
ca. € (D) 20.–/sFr 27.–*/€ (A) 20.60
Mai

Eine magische Fahrt durch Sonia Delaunays Universum der Farben. Der dritte Band der Kooperation von Diogenes mit dem MoMA, New York: Kunstbücher für Klein und Groß.

ca. 128 Seiten, Pappband
ca. € (D) 12.–/sFr 16.–*/€ (A) 12.40
April

In über 100 Zeichnungen führt uns Loriot vor Augen, was frischgebackene Eltern erwartet: niedliche Babys, ruhige Nächte, leuchtende Kinderaugen, lustige Spiele, Harmonie und Familienglück. Mit vielen praktischen Erziehungstipps!

ca. 128 Seiten, Pappband
ca. € (D) 12.–/sFr 16.–*/€ (A) 12.40
April

Loriot führt uns ein in die Welt von Mode, Schönheitspflege und Luxus. Er lehrt uns kultivierten Lebensgenuss und das Verhalten in feiner Gesellschaft. Mit wertvollen Ratschlägen zu Sport und gesunder Ernährung!

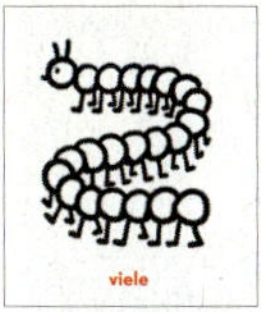

ca. 352 Seiten, Pappband
ca. € (D) 22.–/sFr 30.–*/€ (A) 22.70
Juni

Christoph Niemann in Wort und Bild: Wie seine Zeichnungen niemals nur eine Dimension haben, ist auch dieses Wörterbuch nicht das, was man erwartet. Überraschende Ideen und Wortspiele zeigen Sprache von einer ganz neuen Seite.

Postkartenbuch mit 15 Karten
ca. € (D) 7.–/sFr 9.–*/€ (A) 7.–
Juni

15 Postkarten, die alles sagen – über das Lesen und Bücher und zum Teil auch über das Leben an sich. Heften Sie die mal klugen, mal lustigen Texte an Ihren Kühlschrank, nutzen Sie sie als Lesezeichen, oder verschicken Sie sie an jemanden.

ca. 30 Seiten, Pappband
ca. € (D) 12.–/sFr 16.–*/€ (A) 12.40
März

Wer schon so ein großes Mädchen ist wie Miffy, der kann natürlich längst zählen. Dieses großformatige Buch mit den wunderschönen, plakativen Illustrationen hilft bei den Zahlen von 1 bis 10 und wieder zurück.

ca. 14 Seiten, Pappband
ca. € (D) 12.–/sFr 16.–*/€ (A) 12.40
März

Miffy liebt es, Verstecken zu spielen. Sieh hinter den Klappen nach, und du wirst in diesem lustigen Zieh- und Schiebebuch all ihre Freunde kennenlernen.

ca. 104 Seiten, Pappband
ca. € (D) 20.–/sFr 27.–*/€ (A) 20.60
Mai

Dave Eggers' einzigartig schönes Kinderbuch über ein weltbekanntes Wahrzeichen: die Golden Gate Bridge. Mit grandiosen Scherenschnitt-Illustrationen von Tucker Nichols.

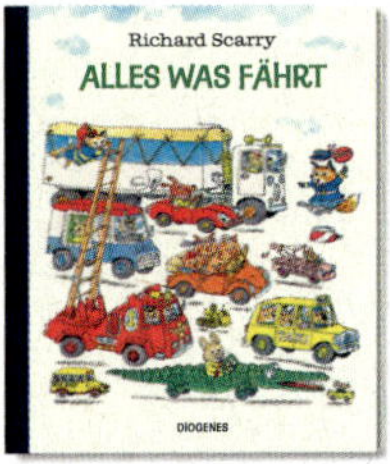

72 Seiten, Halbleinen
ca. € (D) 24.–/sFr 32.–*/€ (A) 24.70
März

Ein verrücktes Wörterbuch über alle möglichen und unmöglichen Fahrzeuge: Oldtimer, Rennautos, Gabelstapler, Lkw – aber auch ein fünfsitziges Bleistiftauto und ein Ameisenbus, ein Bananenmobil und ein Gewürzgurkengefährt.

ca. 36 Seiten, Pappband
ca. € (D) 16.–/sFr 21.–*/€ (A) 16.50
Juni

Ein Reisebuch für Ungeduldige, das kleine Entdecker bis in die Antarktis bringt. Immer will die kleine Maus wissen: Ist es noch weit? Eine Frage, die mit diesem unterhaltsamen Bilderbuch bestimmt gar nicht mehr zu hören sein wird.

ca. 28 Seiten, Pappband
ca. € (D) 16.–/sFr 21.–*/€ (A) 16.50
April

Die drei Freunde Johnny, Franz und Waldemar hauen ab. Mit dem Fahrrad rasen sie von Abenteuer zu Abenteuer: von Prinzessinnen zu Piraten, von der Wüste in einen Schneesturm bis zu einem versunkenen Goldschatz im Roten Meer.

---

*unverbindliche Preisempfehlung (gilt für den sFr-Preis bei Büchern und für Hörbücher generell). Alle Angaben ohne Gewähr.

Diogenes Hörbücher

Eine Auswahl aus dem Programm

Ungekürzt gelesen von
Burghart Klaußner
5 CD, Spieldauer ca. 345 Min.
€ (D) 24.–/sFr 32.–*/€ (A) 27.–

Ungekürzt gelesen von
Anna Schudt
9 CD, Spieldauer ca. 639 Min.
ca. € (D) 24.–/sFr 32.–*/€ (A) 27.–
August

Ungekürzt gelesen von
Franz Dinda
6 CD, Spieldauer ca. 426 Min.
ca. € (D) 24.–/sFr 32.–*/€ (A) 27.–
März

Ungekürzt gelesen von
Johannes Steck
8 CD, Spieldauer ca. 571 Min.
ca. € (D) 26.–/sFr 35.–*/€ (A) 29.20
Mai

Ungekürzt gelesen von
Joachim Schönfeld
7 CD, Spieldauer ca. 529 Min.
ca. € (D) 25.–/sFr 34.–*/€ (A) 28.10
Juni

Ungekürzt gelesen von
Sven Görtz
1 CD, Spieldauer 48 Min.
ca. € (D) 14.–/sFr 19.–*/€ (A) 15.70

Ungekürzt gelesen von
Wanja Mues
5 CD, Spieldauer 340 Min.
€ (D) 25.–/sFr 34.–*/€ (A) 28.10

Ungekürzt gelesen von
Ulrich Noethen
3 CD, Spieldauer 196 Min.
€ (D) 20.–/sFr 27.–*/€ (A) 22.50

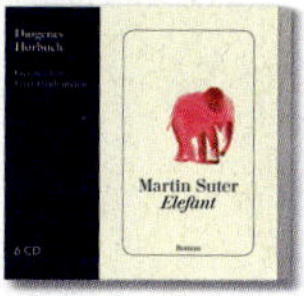

Ungekürzt gelesen von
Gert Heidenreich
6 CD, Spieldauer 468 Min.
€ (D) 25.–/sFr 34.–*/€ (A) 28.10

Gelesen von Rufus Beck
1 CD, Spieldauer 72 Min.
€ (D) 14.90/sFr 19.90*/€ (A) 16.80

Ungekürzt gelesen von
Felix von Manteuffel, Anna König
und Heikko Deutschmann
1 CD, Spieldauer 56 Min.
€ (D) 14.90/sFr 19.90*/€ (A) 16.80

Gesungen von Heike Makatsch
arrangiert von Max Schröder
1 CD, Spieldauer 41 Min.
€ (D) 17.–/sFr 23.–*/€ (A) 17.–

Diogenes PickNick: *Der kleine Nick* zum Taschengeld-Preis für Erstleser

8 der besten *Kleine-Nick*-Geschichten,
in kleinem Format, auch zum Sammeln

»Das Beste am *Kleinen Nick* ist,
dass der Schluss jedes Mal voll lustig ist.«

Lenny, 9 Jahre

wickelt ihn in einen Spionagefall für den israelischen Geheimdienst, seine Cousine Linda in ihre buddhistische Wiedergeburtstheorie. Tragödie, Politspionage und metaphysischer Thriller in einem – Leon de Winters kühnster Roman.

»Der bisher gewagteste Roman des begnadeten niederländischen Erzählers. Ein so wildes wie weises Buch.«
Volker Hage / SWR-Bestenliste

Place de la Bastille

Roman. Deutsch von Hanni Ehlers

Paul de Wit hat eine Obsession: Er möchte die Geschichte korrigieren. Vor allem die seiner Familie. Ausgerechnet auf der Place de la Bastille meint er seinen totgeglaubten Zwillingsbruder entdeckt zu haben. In ihm flammt die wahnwitzige Hoffnung auf, sich doch noch mit seiner Geschichte versöhnen zu können.

»Ein eindringliches Werk. Das konzentrierte und vielschichtige Psychogramm eines Getriebenen.«
Susanne Kunckel / Welt am Sonntag, Berlin

Das Recht auf Rückkehr

Roman. Deutsch von Hanni Ehlers

Als der vierjährige Bennie spurlos verschwindet, denkt sein Vater, Bram Mannheim, erst an einen Unfall, dann an ein Verbrechen. Dass das Verschwinden des Jungen mit Weltpolitik zu tun haben könnte, entdeckt er erst sechzehn Jahre später. Und er tut alles, um seinen Sohn wiederzubekommen.

»Erzählen kann er wie kaum ein anderer im westlichen Europa.« *Hajo Steinert / Literaturen, Berlin*

»Dieser Roman ist sein Meisterwerk.«
Stephan Sattler / Focus, München

Ein gutes Herz

Roman. Deutsch von Hanni Ehlers

Ein junges marokkanisches Fußballteam hält Amsterdam in Atem. Ein halbkrimineller jüdischer Geschäftsmann entdeckt plötzlich seine Bestimmung. Väter und Söhne finden schicksalhaft zueinander, und der ermordete Filmemacher Theo van Gogh bekommt postum den Auftrag, die Welt zu retten, da die Politik versagt. Dies alles atemberaubend miteinander verwoben in einem turbulenten, ironisch verspielten Roman.

»Dieser neue Leon de Winter ist keine bittere Abrechnung geworden – ganz im Gegenteil. Er ist eine spannende und urkomische Mischung aus Fiktion und Fakten mit erfundenen und realen Figuren – und Theo van Gogh als deren Schutzengel. Es ist ein Thriller, der aus dem Himmel gesteuert wird.«
Claudio Armbruster / ZDF-Heute Journal, Mainz

Geronimo

Roman. Deutsch von Hanni Ehlers

»Geronimo« lautete das Codewort, das die Männer vom Seals Team 6 durchgeben sollten, wenn sie Osama bin Laden gefunden hatten. Doch ist die spektakuläre Jagd nach dem meistgesuchten Mann der Welt wirklich so verlaufen, wie man uns glauben macht? Ein atemberaubender Roman über geniale Heldentaten und tragisches Scheitern, über die Vollkommenheit der Musik und die Unvollkommenheit der Welt, über Liebe und Verlust.

»Ich habe die ›offizielle‹ Version beibehalten. Aber ich habe eine geheime Hintergrundgeschichte hinzugeschrieben.« *Leon de Winter*

»Ein hochspannender und kühner Roman, von Tragik und Witz gleichermaßen durchwirkt.«
Petra Noppeney / Westfälische Nachrichten, Münster

Jessica Durlacher im Diogenes Verlag

Jessica Durlacher, geboren 1961 in Amsterdam, veröffentlichte 1997 in den Niederlanden ihren ersten Roman, *Das Gewissen.* Für ihn sowie für ihren zweiten Roman, *Die Tochter,* wurde sie mit zahlreichen Preisen ausgezeichnet. Sie lebt mit ihrem Mann und ihren zwei Kindern in Bloemendaal und in Kalifornien.

»Eine Erzählerin, die Spannung mit Tiefgang zu paaren weiß.« *Buchkultur, Wien*

»Jessica Durlacher ist eine souveräne Erzählerin.«
Sabine Doering / Frankfurter Allgemeine Zeitung

Das Gewissen
Roman. Aus dem Niederländischen
von Hanni Ehlers

Die Tochter
Roman
Deutsch von Hanni Ehlers

Emoticon
Roman
Deutsch von Hanni Ehlers

Schriftsteller!
Deutsch von Hanni Ehlers

Der Sohn
Roman
Deutsch von Hanni Ehlers